Gütersloher Taschenbücher / Siebenstern 889

GTB · Märchen
Hg. von Dietrich Steinwede und Johann Friedrich Konrad
mit Spielanregungen von Wolfgang Longardt

GTB 880 *Wo die Sonne übernachtet.* Schöpfungsmärchen der Völker. Hg. von Dietrich Steinwede, 3. Auflage.

GTB 881 *Wie das Leben durch die Welt wanderte.* Märchen der Menschen von Tod und Leben. Hg. von Dietrich Steinwede, 2. Auflage.

GTB 882 *Wo die Blume zu finden ist.* Märchen der Völker von Liebe und Treue. Hg. von Johann Friedrich Konrad, 2. Auflage.

GTB 883 *Wenn alte Adler wieder jung werden.* Märchen der Menschen von Befreiung und Erlösung. Hg. von Johann Friedrich Konrad, 2. Auflage.

GTB 884 *Warum die Taube das Ölblatt nahm.* Gott im Märchen der Völker. Hg. von Dietrich Steinwede, 2. Auflage.

GTB 885 *Weisheit, List und Schelmerei.* Humor im Märchen der Völker. Hg. von Dietrich Steinwede.

GTB 886 *Wo die Flöte ertönt.* Märchen der Völker von Musik, Tanz und Spiel. Hg. von Johann Friedrich Konrad.

GTB 887 *Wenn Lügen lange Beine haben.* Märchen der Völker von Lug und Trug. Hg. von Johann Friedrich Konrad.

GTB 888 *Wenn die Vögel nicht mehr singen.* Märchen der Völker von der bedrohten Schöpfung. Hg. von Dietrich Steinwede.

Wenn Träume sich erfüllen

Märchen vom Wunderbaren im Alltag

Herausgegeben von Dietrich Steinwede
mit Spielanregungen von Wolfgang Longardt

Gütersloher Verlagshaus
Gerd Mohn

Text- und Einbandillustrationen von Mouche Vormstein
Originalausgabe

CIP-Kurztitelaufnahme der Deutschen Bibliothek

Wenn Träume sich erfüllen: Märchen vom Wunderbaren im Alltag / hrsg. von Dietrich Steinwede. Mit Spielanregungen von Wolfgang Longardt. – Orig.-Ausg. – Gütersloh: Gütersloher Verlagshaus Mohn, 1986.
(Gütersloher Taschenbücher Siebenstern; 889: Märchen)
ISBN 3-579-00889-7

NE: Steinwede, Dietrich [Hrsg.]; GT

ISBN 3-579-00889-7

Umschlagentwurf: Dieter Rehder, Aachen, unter Verwendung einer Illustration von Mouche Vormstein
Gesamtherstellung: Clausen & Bosse, Leck
Printed in Germany

Inhalt

Zur Einführung

Unvermutet fielen Goldstücke
wie aus der Luft
klingend auf die marmornen Stufen ...
J. W. von Goethe

Es blendete uns die Mondnacht.
Vögel schrien von Baum zu Baum.
In den Feldern sauste es.
Wir krochen durch den Staub –
ein Schlangenpaar
F. Kafka

Und Gott sprach: Hört meine Worte:
Ist jemand unter euch ein Prophet des Herrn,
dem will ich mich kundmachen in Gesichten
oder will mit ihm reden in Träumen
4. Mose 12,6

Die Perle
Der Gelbe Kaiser reiste nordwärts vom Roten See, bestieg den Berg Kunlun und schaute gegen Süden. Auf der Heimfahrt verlor er seine Zauberperle. Er sandte Wissen aus, sie zu suchen, aber es fand sie nicht. Er sandte Scharfblick aus, sie zu suchen, aber er fand sie nicht. Er sandte Denken aus, sie zu suchen, aber es fand sie nicht. Endlich sandte er Absichtslos aus, und es fand sie. »Seltsam fürwahr«, sprach der Kaiser, »daß Absichtslos sie zu finden vermochte«
Tschuang-Tse (365–290 v. Chr.)

Seltsame Texte; ganz andere Erfahrungen, ganz andere Gedanken als gewohnt: Unvermutet Goldstücke aus der Luft; Menschen wie ein Schlangenpaar; Gott, den Menschen in Träumen sich weisend;

und, wenn es die geheimnisvolle Zauberperle zu finden gilt, das Absichtslose höher gestellt als Scharfsinn, Denken und Wissen.

Das alles hat zu tun mit dem Unternehmen dieses Märchenbändchens, nämlich aufmerksam zu machen auf die Transzendenz (das Wunderbare) im Alltag, auf das tägliche Verwiesensein unseres Lebens in das ganz andere, das Unverfügbare, Uneingrenzbare, das Numinose, Göttliche, das vom Denken, von der Ratio her nicht zu bewältigen ist.

Wie absichtslos geschieht es, daß uns plötzlich das innere, das ›dritte‹ Auge geöffnet wird, das Auge des Herzens, des Glaubens. So wie Bartimäus ein von innen her Erkennender (und damit ein ›Sehender‹) wurde, wie die Jünger in Emmaus mit brennendem Herzen Christus als den Lebendigen erkannten, so ist ›Sehen‹, ›Sehendwerden‹ als innere Schau, als traumhaftes Erkennen gemeint. Einem solchen ›Sehen‹ ist das Wunder wie selbstverständlich. In der ihnen ganz eigenen Kraft meinen viele Märchen ein solches ›Sehen‹.

Phantasie, Traum, Begegnung mit dem ganz anderen, das bedarf allerdings eines Schlüssels. Man kann diesen Schlüssel finden, man kann ihn aber auch (absichtslos vielleicht) wieder verlieren (»Warum die Schlüsselblume keine Schätze mehr erschließt«).

Mit Menschen, die urplötzlich fliegen können, beginnt die Abfolge der versammelten Märchen: Sei es der alte Herr, dessen Aufmerksamkeit auf das abgenutzte Karussell, das die Kinder so lieben, gelenkt wird (»Das Karussell von Cesenatico«), sei es der zerlumpte Musikant auf dem Hinterhof (»Der Musikant in der Luft«), beide sind unversehens Fliegende, die wie träumend himmelwärts schweben. Ebenso die alten Leute in Rom: Kein vernagelter Fensterladen, kein vor die Fensteröffnungen gespannter Maschendraht kann sie daran hindern, nachts ihren Flug die Straße hinab zu unternehmen (»Nachrichten«).

Ein anderes Fliegen ist das des Befreitwerdens aus schrecklicher täglicher Peinigung und Bedrückung: Im Märchen »Von den fliegenden Sklaven« sind es schwarze Plantagenarbeiter in den Südstaaten Nordamerikas, die der nicht mehr auszuhaltenden täglichen Quälerei durch brutale Aufseher einfach zum Himmel hin entschwebend sich entziehen. Im Märchen »Weiße Frau« ist es ein schwarzer Selbstmörder, der, vom Hochhaus herabstürzend, unten eine weiße Frau um die Ecke biegen sieht und, da ein Schwarzer sich nicht auf eine weiße Frau stürzen darf, einfach eine Kehrtwendung zum Flug wieder nach oben hin vornimmt. Skurril! Bissig-kritisch! Die Hoffnung aber: »Wenn der Herr die Gefangenen Zions erlösen wird, dann werden wir sein wie die Träumenden« (Psalm 126,1).

Zauber, Phantasie, Wirklichkeit, darum geht es auch in drei Märchen, die mit dem Bild des Menschen zu tun haben: »Kann ein Abbild auch Wirklichkeit zur Geltung bringen?« heißt die Frage. Die Antwort lautet: »Ja.«

Der Maler Tuo-lan-ka, auf Erden einer der größten seiner Zunft, malt im Himmel einem jeden Menschen, der neu erschaffen wird, sein individuelles Gesicht – als Antlitz eines jeweils Lebendigen (»Der Maler Tuo-lan-ka«). Und in jedem Bild geschieht dies, daß die unvergängliche Herrlichkeit Gottes in ein Bild gleich einem vergänglichen Menschen verwandelt wird (Römer 1,23). Im Märchen »Das Brokatbild« stickt eine junge Fee ihr eigenes Antlitz in einen geraubten Brokatteppich. Dem jungen Mann, der nach Überwindung vieler Schwierigkeiten den Teppich zur ursprünglichen Besitzerin, seiner Mutter, zurückzubringen vermag, wird diese Fee – wunderbar - zur leibhaftigen Gegenwart. »Ich will satt werden an deinem Bild« (Psalm 17,15). Die beiden finden einander als Frau und Mann. Und im Märchen »Vom Büffel, der nur ein Horn hatte« wird dieser Büffel ebenso wie eine schöne Fee, wie ein geflügelter Tiger – aus einer jeweiligen Zeichnung heraus zum Leben erweckt – einem jungen Bauern zur beseligend-rettenden Wirklichkeit.

Raum und Zeit, alles auf seltsame Weise ineinander verwoben: Im Pfirsichblütenwald – goldenes Zeitalter der Rückkehr zur Natur – findet ein Fischer, der auf geheimnisvolle Weise bei quellendem Fluß durch einen Gang im Berg geführt wurde, das Land des

Friedens, Ort mitmenschlicher Offenheit und Liebe (»Die Quelle im Pfirsichblütenwald«). Doch dieses Land bleibt nach seiner Rückkehr unauffindbar verloren. »Du gibst meinen Schritten weiten Raum« (Psalm 18,37). Aber nicht immer vermag ich diesen Raum zu ermessen.

Raumverschiebung – Zeitverschiebung: In der realistisch erzählten südamerikanischen Geschichte »Zweierlei Leben« findet sich der junge Estanziero jenseits des Flusses unversehens in einem anderen Zeitsystem, das sein Leben dort bis ins Greisenalter ausdehnt, hier aber nach Rückkehr zu den Seinen nur einen Tag gewesen sein läßt. Signal ist das, Hinweis auf total andere Möglichkeiten von Erfahrung: »Unser menschliches Hoffen und Denken strebt zum Übersinnlichen und in die Ewigkeit. Das ist die Eigenart des Menschen, daß er viel mehr Geist als Fleisch ist« (Ivar Lissner).

Ein geheimnisvoller Schlüssel erschließt, aber verschließt auch, kann verlorengehen. Nicht alle Blütenträume können reifen. Es gilt auch das harte Wort: »Aus der Traum!«

»Aufs Spiel gesetzt, verloren«, das ist die Erfahrung von zwei Reisenden, die gegenüber einem dritten in einer Entscheidungssituation alles auf den in der Nacht geträumten Traum setzen wollen (»Die Träume und das Stück Brot«).

»Aufs Spiel gesetzt, das Glück«, das gilt auch für den Wirt im Märchen »Der Student und der Kranich«: Ein Bild des Vogels wird gemalt. Es wandelt sich in schöne Wirklichkeit. Ja, es bringt etwas ein – aber da wird die gestellte Bedingung nicht eingehalten. Und schon ist alles dahin. Aus der Traum! Es gibt ein ›zu spät‹: »Meine Flöte ist ein Weinen geworden« (Hiob 30,31).

Noch härter, wenn das Wunderbare zum ›Wunder des Schrecklichen‹ wird: Einem erfolgreichen, indes brutalen Kaufmann wird das eigene menschliche Antlitz plötzlich zum Tigergesicht. Eine nicht zu benennende Macht hat eingegriffen, hat diesem Menschen sein ›wahres Gesicht‹ gezeigt (»Ein neues Gesicht«).

Immer wieder Kritik, zu Recht. Doch auch das Werben für das Gute im Menschen hat seinen berechtigten Ort. Gianni Rodari setzt solche Werbung märchenhaft-humorvoll um. Alles verkehrt sich bei ihm. In seinem Land ohne Spitzen und Ecken hat z. B. der Delinquent die Justiz zu strafen. Das aber vermag dieser nicht, einen armen unschuldigen Gesetzeshüter ins Gesicht zu schlagen. Und schon hat der geheime Sinn der Bergpredigt: »Wenn dich einer auf die rechte Backe schlägt, so halte ihm die linke auch noch hin«, sich offenbart (»Das Land ohne Ecken«).

Und nicht nur dies: »Ich glaube aber doch, daß ich sehen werde die Güte des Herrn im Land der Lebendigen« (Psalm 27,13): Der zwölfjährige, immer hungrige, immer wißbegierige jüdische Junge Menaseh träumt dies Land der Lebendigen nach dem Tode; es ist ein wunderschönes Schloß, mit den Verstorbenen seiner Familie darin, ein Ort, »wo nichts verloren ist« (»Menasehs Traum«). Und Menaseh entdeckt sich selbst in den Zimmern dieses Schlosses. Er entdeckt seine Kinderkleider, sein Kinderspielzeug, die Lieder, Gespräche, Geschichten und Träume seiner Kindheit, die Seifenblasen aus seiner liebsten Pfeife von einst und – ein unbekanntes Mädchen. Dies Mädchen mit goldblonden Zöpfen wird ihm als Bild seiner Zukunft gedeutet. Erwacht, erblickt er sie leibhaftig vor sich. Traum wird Wirklichkeit. »Nie zuvor hatte der Mond so hell geschienen.«

»Des Wunders Anmut eilet voraus dem Traume: Was es nirgends gibt und doch überall, was es niemals gibt, und doch ist es ewig, tiefste Trauer, zärtlichste Liebe, bekannt und doch nie erraten, besessen und dennoch verloren. Wie Klage klingt es und Trost zugleich, durch Tränen schimmert's wie halbes Lächeln ...« (L. Staff). Tiefe in solchen Worten, in solchen Märchen, Zartheit, vielfältigste Farbigkeit, aufblitzende Bilder: »als flögen wir davon«. Was wir antreten, ist eine »wahrhaft ungeheure Reise« (F. Kafka), Traumreise in gegenwärtige Traumwelten, Phantasie und Wirklichkeit ineinander verschlungen. Es ist eine Reise in die diesseitig-jenseitige Glückseligkeit. Tanzen werden wir: »Da wird unser Mund voll Lachens und unsere Zunge voll Rühmens sein« (Psalm 126,2).

Von solchem Lachen und Tanzen in aller Glückseligkeit erzählt das japanische Märchen »Das Glöckchen«. Zauberhaft jenseitig, zufrieden, lieblich und leicht wird alles beim Erklingen dieses Glöckchens; es wird zur Lust an der Welt, zum höchsten Glück: Traumland, da ein silbernes Glöckchen alle Menschen frei, selig, tanzen macht. Traumland und jederzeit mögliche Wirklichkeit: »Das Haus war erfüllt von der Seligkeit des Herrn« (Hesekiel 44,4).

Gott bricht ein in das Leben der Menschen. »Im Anfang war er, heute ist er, morgen wird er sein. Er hat keinen Leib, er ist wie ein Wort, das aus deinem Munde kommt.« In der seltsam verzauberten Weihnachtsgeschichte des Dino Buzzati (»Die Nacht im Dom«) erscheint Gott – leuchtend, schwebend, wie auf einer Wolke - und ist schon wieder verschwunden. Überall dort nämlich, wo menschliche Schwachheit, Eigensucht, Hartherzigkeit sich zeigt. Nur ein Mensch, es ist der Priester Don Valentino vom Dom, vermag, sich selbst bußfertig erkennend, in dieser Weihnachtsnacht zu Gott zurückzufinden.

»Wieviel Gott ist hier?« fragt dieses Gegenwartsmärchen. Und das mag wohl Kriterium für alle Traumverfangenheit, alle Öffnung ins Gegenwärtig-Jenseitige hinein sein: »Wieviel Gott ist hier?«

Ist Gott da, so wird die Welt ›voll des Paradieses‹, so steht Christus, der Gekreuzigte, uns vor Augen gleich einem gemalten Bild (Galater 3,1), so werden wir zu solchen, »die Flügel haben wie Tauben, daß wir wegflögen und Ruhe fänden« (Psalm 55,7).

Und meine Seele spannte
weit ihre Flügel aus,
flog durch die stillen Lande,
als flöge sie nach Haus
J. von Eichendorff

Traum, absichtslos: »Mythen und Märchen sind der Zauberspiegel, aus dem jedem, wenn er hineinsieht, sein eigenes Gesicht als Rätsel und Antwort anblickt« (H. Zimmer).

Dietrich Steinwede

I. Aus dem Alltag zum Himmel erhoben

Als flögen wir davon (Psalm 90,10)

Das Karussell von Cesenatico

In Cesenatico, am Ufer des Meeres, stand einmal ein altes Karussell. Es hatte im ganzen sechs Holzpferde und sechs rote, schon ein wenig abgenutzte Jeeps, die waren für Kinder mit ausgesprochen modernem Geschmack. Ein Männchen trieb das Karussell allein mit seiner Arme Kraft an. Es war klein, mager und dunkel, und man konnte ihm vom Gesicht ablesen, daß es sich den einen Tag satt essen konnte und den zweiten nicht. Kurz, es war nicht gerade ein großartiges Karussell, aber die Kinder zog es an, als ob es aus Schokolade wäre, und sie führten sich auf wie die Wilden, nur um darauf fahren zu können.

»Was ist denn an diesem alten Karussell so Besonderes?« fragten sich die Mütter, »die Kinder scheint es anzuziehen wie Marzipan!«

Und sie schlugen ihren Kleinen vor: »Sollen wir nicht lieber zum Kanal hinuntergehen und dort die Schwäne ansehen?« Oder: »Warum setzen wir uns nicht in das neue Café mit den Schaukelstühlen?«

Umsonst, nichts zu machen. Die Kinder zogen ihr altes Karussell vor.

Eines Abends schwang sich auch ein alter Herr noch in den Sattel eines Holzpferdchens, nachdem er seinen Enkel in einen Jeep gesetzt hatte. Das war für ihn ziemlich unbequem, weil seine Beine zu lang waren und seine Füße den Boden berührten. Aber er lachte nur darüber. Doch – welch ein Wunder! Kaum hatte der kleine Mann das Karussell angeschoben, fand sich der alte Herr im Handumdrehen hoch oben in der Luft, so hoch wie der einzige Wolkenkratzer von Cesenatico, und sein kleines Holzpferdchen galoppierte in den Lüften, die Nase in die dichten Wolken gereckt. Der alte Herr blickte unter sich und sah die ganze Gegend, und dann ganz Italien, und dann die ganze Erde, die immer weiter unter den Pferdehufen zurückblieb. Sehr schnell wurde diese Erde zu einem kleinen blauen Karussell, das sich drehte und drehte und einen Erdteil nach dem anderen und die Meere zeigte, wie auf einer Landkarte gemalt.

»Wo reiten wir nur hin?« fragte sich der alte Herr.

In diesem Augenblick fuhr sein Enkel am Steuer seines roten, ein wenig abgenutzten Jeeps an ihm vorbei, doch der Jeep hatte sich mittlerweile in ein Raumschiff verwandelt. Und hinter seinem Enkel flogen in einer Reihe alle anderen Kinder ganz ruhig und sicher auf ihrer Bahn wie viele, viele künstliche Satelliten.

Wo wohl das Karussellmännchen jetzt war? Man hörte immer noch seine Grammophonplatte, die einen Cha-Cha-Cha spielte, denn jede Fahrt auf dem kleinen Karussell dauerte so lange, wie eine Platte lief.

»Also, irgendein Schwindel ist dabei«, dachte der alte Herr. »Dies Karussellmännchen muß ein Hexenmeister sein.« Und er dachte auch noch: »Wenn wir in der Zeit, in der eine Grammophonplatte abläuft, um die ganze Welt fahren können, brechen wir ja den Rekord von Gagarin.«

Die Karawane überflog nun den Stillen Ozean mit all seinen Inselchen, dann Australien, wo die Känguruhs ihre komischen Sprünge vollführten, dann kam der Südpol, da streckten Millionen Pinguine ihre stumpfen Nasen in die Luft. Aber es war gar keine Zeit, sie zu zählen, denn schon tauchten an ihrer Stelle die rothäutigen Indianer Nordamerikas auf, die Rauchzeichen machten – und da: New York mit all seinen Wolkenkratzern! Und da – nur ein einziger Wolkenkratzer! Und das war der von Cesenatico. – Die Platte war zu Ende.

Der alte Herr sah sich ganz verblüfft um. Da war er ja wieder auf dem guten, alten Karussellchen am Adriatischen Meer, und das kleine Männchen, dunkel und mager, hielt es sanft, ohne den leisesten Stoß an.

Ein bißchen schwankend stieg der alte Herr aus.

»Sie, hören Sie mal«, sagte er zu dem Männchen. Aber das hatte keine Zeit für ihn, denn schon hatten wieder andere Kinder auf den Holzpferdchen und in den Jeeps Platz genommen, und das alte Karussell setzte sich zu einer neuen Fahrt um die Welt in Bewegung.

»Sagen Sie mal«, wiederholte der alte Herr ein wenig ärgerlich. Das Männchen schaute nicht einmal zu ihm hin. Es schob sein Karussell an, man sah die fröhlichen Gesichter der Kinder im Kreise vorbeigleiten, mit den Augen suchten sie ihre Eltern, die um das Karussell herumstanden und ihnen ermunternd zulachten.

Ein Hexenmeister, dies Männchen da?! Ein verzaubertes Karussell, diese komische, alte Maschine, die sich da asthmatisch zum Klang eines Cha-Cha-Cha drehte?!

»Ach was«, beschloß der Alte, »es ist besser, ich spreche mit niemandem darüber. Sonst wird man mich vielleicht hinter meinem Rücken nur auslachen und mir noch sagen: ›Wissen Sie denn nicht, daß Karussellfahren in Ihrem Alter gefährlich ist? Davon wird Ihnen nur schwindlig.‹«

Gianni Rodari

Der Musikant in der Luft

Früher gab es noch Straßenmusikanten. Sie machten auf der Straße oder im Hof Musik. Die Leute freuten sich, tanzten um sie herum und gaben ihnen etwas Geld dafür. Es gab die Leiermänner, die an einem Leierkasten drehten, und es kam ein schönes Lied heraus. Manche konnten dazu singen. Vielleicht saß oben auf dem Kasten ein Affe. Leierkästen waren schön bemalt und hatten Räder. Dann gab es lustige Musikanten, die hatten auf dem Kopf einen Zylinderhut, an den sie mit Zwirn kleine Glocken genäht hatten. Sie spielten mit dem einen Fuß die Pauke, mit den Händen auf einer Mandoline, mit dem Mund ein Lied auf der Mundharmonika, mit dem Kopf und dem Bimmelhut klingelten sie den Takt dazu, und dann standen sie dabei auf dem anderen Bein. Sie hatten an der Jacke bunte Bänder oder hundert schöne Knöpfe. Vielleicht hatten sie etwas Bier getrunken und machten Faxen. Oder es war noch ein zweiter dabei, der nichts spielen konnte; aber er hob dann seine Jacke ein kleines Stück hoch – wie im Theater die Ballerina das Kleid – und tanzte, machte dazu ein paar Grimassen und sammelte hinterher das Geld ein. Für die Musik.

Und es gab traurige alte Männer, die mit einer Geige durch die Straßen gingen, in abgetragenen Anzügen mit ausgebeulten Taschen. Sie waren mager vom Hunger und hatten einen alten Hut auf dem Kopf. Langsam und allein kamen sie auf den Hof, spielten auf der Geige und schauten hinauf zu den Fenstern, ob dort nicht einer etwas Brot herunterwarf, in Zeitung gewickelt, oder auch Geld.

Genau so ein Mann kam einmal in die Wilmerstraße Nummer fünf, hinten auf den Hof. Er war nicht rasiert, hatte so einen kleinen Schnurrbart, den Hut, einen alten Anzug, der ihm zu groß war, und ein lumpiges Hemd ohne Kragen. Er hatte keine Strümpfe an, verschiedene Schuhe, einer war mit Bindfaden geschnürt. Er kam dort draußen von der Straße, an der Wand lang und in den Hof.

Heute war so ein verzauberter Tag mit Spinnweben in der Luft. Die Erde war etwas feucht, die Kohle glitzerte in der Sonne. Es war noch früh. Die Kinder waren alle in der Schule, die meisten Väter auf Arbeit, und fast alle Fenster standen offen. Betten und Sonntagsanzüge hingen heraus zum Lüften. Die Sonne schien, aber noch nicht ganz warm. Zwei Frauen sangen in ihren Wohnungen; man konnte das weithin hören, aber jede sang etwas anderes, und das paßte nicht gut zusammen. Die eine trillerte eine Operette, die gestern im Radio gespielt worden war, und die andere sang einen Schlager. Vorläufig roch es noch nicht nach Mittagessen aus den Fenstern, dazu war es noch zu früh – neun Uhr.

Draußen auf dem Hof war niemand, nur der Josel Knopp, der jüngste Junge von Knopps, vier Jahre. Er lief immer barfuß herum. Seine Hose gehörte seinen beiden Brüdern, Karle und Edi. Er hatte Stoppelhaare, und als der Musikant kam und an ihm vorbeiging, streifte er mit der einen Hand über die Haarstoppeln des Jungen. Dann ging der Musikant in die Mitte des Hofes, nahm aus der Jackentasche einen Geigenbogen und dann die Geige, wickelte sie aus dem sauberen Taschentuch und wischte sie mit der Hand ab. Er schaute nicht nach oben zu den Fenstern. Er nahm nicht seinen Hut ab und stellte ihn auch nicht neben sich auf die Erde, für Geld. Er guckte bloß etwas auf der Erde herum, vielleicht wegen Kippen von Zigaretten. Er zog den Geigenbogen über ein kleines Stück Kolophonium, hin – zurück, hin – zurück. Dort, wo er den Bogen in der Hand hielt, zweimal mehr. Dann steckte er das Kolophonium oben in die Kavalierstaschentuchtasche von der Jacke, wischte sich mit dem Taschentuch den Schnurrbart, lehnte die Geige an sein Gesicht und fing ganz leise an, darauf zu fiedeln.

Der Josel war so ein Junge, der konnte mehr als die anderen. Beispielsweise konnte er mit einem kleinen Stück roten Ziegel hinten auf die Mauer eine Geheimschrift schreiben, oder er malte kleine Vögel oder Bellhunde und Indianer. Aber dann konnte er die Geheimschrift auch lesen, lauter tolle Geschichten. Besser ging das noch, wenn er zwei Farben hatte, Weiß und Rot. Und Zauberformeln konnte er schreiben. Von außen sah das aus wie gekritzelt – aber das war ja das Geheimnisvolle daran: Keiner konnte es lesen, nur er! Oder er konnte sich ins Gras legen, sich ganz klein machen und mit den Ameisen spazierenlaufen und auf Mäusen reiten wie ein Cowboy und Abenteuer erleben im Urwald – als ob es wirklich so wäre!

Immer erlebte er etwas.

Der alte Mann kam also auf den Hof und fing an, ein bißchen zu fiedeln. Weiß nicht, ob das ein Lied war, und ob es schön war. Zuerst klang es ganz leise, wie gekratzt – Geheimnismelodie. Mit einmal spielte der alte Mann etwas schneller. Je schneller er spielte, um so mehr hob er sich mit den Schuhen von der Erde ab. Zuerst schwebte er in Mäusehöhe leicht hin und her. Dann spielte er schneller und schwebte in Hundehöhe, dann so hoch, wie ein kleiner Junge groß ist, hoch wie eine Laterne, erster Stock ... Dort drehte er sich einmal um sich selbst. Fiedelte, fiedelte – ganz schnell und flog über das Dach.

Der Josel guckte ihm nach. Der Musikant flog über den Schornstein und blieb dort eine kleine Weile in der Luft stehen. Fiedelte, fiedelte, der Josel konnte jeden Ton hören. Und dann flog der Mann weg, nach hinten in den blauen Himmel und verschwand.

Schön ist das gewesen, und es hat so fiedelig im Ohr gekitzelt.

Janosch

Nachrichten

Nachrichten aus der römischen Altstadt, daß dort wieder die alten Leute nachts aus den Fenstern ihrer Dachkammern steigen und spazierengehen, nicht auf Gesimsen und Dachrinnen, sondern auf der Luft. Die Angehörigen machen sich Vorwürfe, haben wir den Vater, die Mutter, den Großvater, die Großmutter nicht oft genug ausgeführt, in die Villa Borghese oder ins Kino, genieren sich auch, weil sie fürchten, daß eines Nachts die Feuerwehr kommen und die Alten wie aus dem Zoo entsprungene Äffchen einfangen wird. Mit den Vätern, Großvätern, Müttern, Großmüttern über ihre Nachtwege zu sprechen oder sie gar beim Hinaussteigen anzurufen, wagt keiner, sie könnten stürzen und auf dem Pflaster zerschellen. Also versucht man ihnen das Handwerk zu legen, vernagelt die Fensterläden oder spannt Maschendraht über die Öffnung, was aber alles nichts nützt, irgendwann in der Nacht sind sie wieder unterwegs, gehen auf der Luft die Straße hinunter, Richtung St. Gesù, wobei sie mit Leuten, die sich auf den Dachterrassen so spät noch aufhalten, kleine Gespräche führen. Eines Tages bekommen die Angehörigen es satt, was machst du da, mit wem redest du, kannst du nicht im Bett bleiben, wie es sich gehört. Die Väter, Großväter, Mütter, Großmütter lächeln, tun, als wüßten sie von nichts; nur daß sie in der Nacht nach solchen Gesprächen von ihrem Spaziergang nicht mehr zurückkehren, immer weitergehen, bei St. Gesù um die Ecke, Gott weiß, wohin.

Marie Luise Kaschnitz

Von den fliegenden Sklaven

Im Süden gab es einmal einen weißen Plantagenbesitzer, der kein Mitleid kannte. Lange vor Sonnenaufgang ließ er seine Sklaven mit Stöcken an die Arbeit treiben, und am späten Abend trieb er sie wieder mit Stockschlägen in die Hütten zurück.

Manche Plantagenbesitzer gönnten ihren Sklaven über Mittag, wenn die Sonnenglut schier unerträglich war, eine Ruhepause.

Aber dieser Plantagenbesitzer zwang die Schwarzen, auch in der größten Hitze zu arbeiten.

Am Rande seiner Plantagen wuchsen alte, dicht belaubte Maulbeerbäume. Doch hatte sich einer der Arbeiter auch nur für ein Weilchen unter einen Baum gesetzt, rief der Plantagenbesitzer gleich nach den Aufsehern, und die sprangen mit ihren Stöcken herbei und prügelten den von der glühenden Hitze erschöpften Sklaven wieder auf die Plantage zurück.

Auch Greise, Frauen und Kinder mußten von früh bis spät hart arbeiten.

Unter den Sklaven war aber eine Frau, der hatte der Plantagenbesitzer, obwohl sie erst vor wenigen Tagen ein Kind geboren hatte und darum noch sehr schwach war, befohlen, wie die anderen an die Arbeit zu gehen. Die Frau band sich einen Sack um die Hüften, legte ihr Kind hinein und hackte mit den übrigen Sklaven die Erde um die Baumwollstauden auf.

Das Kind begann bald zu schreien, aber jedesmal, wenn die Frau ihm zu trinken geben wollte, sprang der Aufseher herbei und zwang sie, weiterzuarbeiten.

Wie ein glühender Kupferdeckel lag die Hitze über der Plantage.

Die junge Frau wurde plötzlich von einem Schwindel befallen, vor ihren Augen kreisten feurige Räder. Sie fiel mit ihrem Kind zwischen die Baumwollstauden.

Der Aufseher sprang herzu, er schrie sie an, er befahl ihr, sofort aufzustehen. Er schlug mit dem Stock auf sie ein.

Die Frau erhob sich und wandte sich einem weißhaarigen Greis, dem ältesten unter den Sklaven, zu. Es schien, als ob sie ihn etwas fragte. Der Alte lächelte die Frau an, schüttelte aber verneinend den Kopf.

Da beugte sich die Frau wieder zu den Baumwollstauden hin und arbeitete weiter.

Nach einer Weile fiel sie aber erneut vor Schwäche hin.

Und wieder war der Aufseher neben ihr und zwang sie mit Stockschlägen aufzustehen.

Und wieder wandte sie sich mit einer stummen Frage an den Greis.

»Noch nicht, Töchterchen«, sagte der Alte in einer Sprache, die der Aufseher nicht verstand.

Also beugte die junge Frau abermals den Kopf, um die Arbeit zu tun.

Als die junge Frau zum dritten Mal vor Schwäche hinfiel und der Aufseher sie auch dieses Mal mit Stockschlägen zum Aufstehen zwang, wandte die junge Mutter dem weißhaarigen Greis die Augen zu und fragte leise: »Ist es denn noch nicht an der Zeit, Väterchen?«

»Doch, Töchterchen: Jetzt ist es Zeit. Mach dich auf den Weg. Friede sei mit dir!«

Und die junge Frau wußte nicht, wie es geschah.

Sie breitete ihre Arme aus, erhob sich von der glühend heißen Erde und stieg höher und immer höher. Sie flog über der Plantage wie ein Vogel dahin.

Der Aufseher lief und weckte den Plantagenbesitzer, und der konnte gerade noch sehen, wie die junge Frau mit ihrem Kind über dem Wald in der Ferne verschwand.

Wutentbrannt befahl er dem Aufseher, auf die Sklaven einzuprügeln, und der Aufseher kam dem Befehl nur allzu gerne nach.

Es dauerte nicht lange, und einer der Schwarzen brach unter den Stockschlägen zusammen.

Da flüsterte der weißhaarige Alte ein paar Worte, und der Schwarze stand auf, lächelte, breitete die Arme aus und erhob sich in die Luft, flog höher und immer höher und verschwand wie die junge Frau hinter dem Wald.

Jedesmal, wenn ein Mann oder eine Frau hinstürzte, flüsterte der weißhaarige Greis nun ein paar Worte.

Und die Schwarzen breiteten einer nach dem andern ihre Arme aus, erhoben sich in die Luft, höher und immer höher.

Benommen lief der Plantagenbesitzer über die Felder und schrie dem Aufseher zu: »Schlag ihn tot, den Alten mit den weißen Haaren, töte ihn!«

Der Aufseher hob den Stock, und die Hiebe prasselten auf den gebeugten Rücken des alten Mannes herunter.

Aber der Greis mit den weißen Haaren hörte nicht auf zu lächeln. Er flüsterte den Sklaven, die noch bei ihm waren, eben die Worte zu, die er schon den anderen zugeflüstert hatte.

Und alle Sklaven erinnerten sich wieder an die Kraft, die sie einst besessen hatten.

Sie drängten sich zusammen, und Junge und Alte, Männer, Frauen und Kinder, alle erhoben sich in die Lüfte, kreisten über den Feldern, stiegen höher und immer höher und verschwanden jenseits des Waldes.

Als letzter breitete der Greis mit den weißen Haaren seine Arme aus und flog davon.

Der Plantagenbesitzer riß dem Aufseher den Stock aus den Händen und hob ihn drohend zum Himmel empor. Aber er war machtlos. Er konnte nichts mehr ausrichten. Und so schlug er zornig den Stock in den Boden.

Märchen aus Nordamerika

Weiße Frau

Es war einmal ein Schwarzer in Atlanta, der wollte Selbstmord begehen. Also ging er eines Tages die Hauptstraße hinunter und fuhr mit dem Frachtenaufzug bis zum Dachgeschoß des höchsten Wolkenkratzers in Georgia. Es war damals den Schwarzen noch verboten, die Personenaufzüge zu benutzen, aber er war wild entschlossen, seinen Selbstmord auszuführen, und davon sollte ihn auch keines der Gesetze zur Rassentrennung abhalten.

Also fuhr er mit dem Lastenaufzug hinauf.

Als er auf dem Dach des Gebäudes stand, zog er den Mantel aus, holte tief Atem und sprang. Er wirbelte durch die Luft und sah schon unten den Bürgersteig auf sich zukommen, als er bemerkte, daß eine weiße Frau um die Ecke bog. Da sagte er sich: »Joe, du weißt, man soll sich nicht auf eine weiße Frau stürzen« – also machte er eine Kurve und flog wieder aufwärts.

Märchen des Schwarzen Amerika

II. Zauber, Phantasie und Wirklichkeit

Ich will satt werden an deinem Bilde (Psalm 17,15)

Der Maler Tuo-lan-ka

Im Süden Chinas, dort, wo das Volk der Tai lebt, liegt ein Dorf, ringsum von einem Palmenhain umgeben. Etwas abseits vom Dorf steht am Ufer eines glasklaren Flusses eine alte, halb zerfallene Bambushütte. Hier lebte vor langen Zeiten der Maler Tuo-lan-ka. Einen Maler wie diesen würde man wohl auf der ganzen Welt vergeblich suchen! Er war nämlich geradezu besessen von der Malerei; alles, was ihm unter die Hände kam, mußte er bemalen, ob es nun Papier, Seide oder Holz war. Tuo-lan-ka ging selten aus, nur dem Tempel stattete er hin und wieder einen Besuch ab. Nicht aber, wie ihr vielleicht glaubt, um dort zu beten oder den Göttern Opfergaben darzubringen. Nein, das liebte er nicht besonders. Er saß viel lieber still in einer Ecke, beobachtete jeden Tempelbesucher und prägte sich dessen Gesicht tief ein. Dann ging er wieder nach Haus, schloß sich in seiner Hütte ein und malte und malte. Und wußte nicht, ob draußen die Sonne vom Himmel brannte oder ob der bleiche Mond schien.

Jeden Tag malte er sieben Gesichter, und wenn die Woche um war, schauten sieben mal sieben Gesichter von den Wänden der Hütte herab. Einmal, als er gerade an dem neunundvierzigsten Gesicht malte – in jener Nacht tobte draußen ein gräßlicher Sturm, die Bäume bogen sich unter seinem Anprall bis zur Erde, und der Donner grollte –, klopfte jemand an seine Tür.

»Wer mag das nur sein«, brummte der Maler überrascht. »Wer

treibt sich bei solchem Höllenwetter draußen herum, da doch sogar der Kauz heute Ruhe gibt?«

»Ich bin der Gevatter Tod«, ließ sich da der Besucher hinter der Tür vernehmen. »Ich habe mich um die Seelen der Verstorbenen zu kümmern. Und heute soll ich auf Befehl des Kaisers der Himmel deine Seele holen.«

Das hat mir gerade noch gefehlt! dachte Tuo-lan-ka bei sich und wurde kleinmütig. Schließlich aber sprach er sich doch Mut zu und öffnete. Auf der Schwelle stand eine von Kopf bis Fuß in einen Mantel gehüllte Gestalt, schwärzer als die Nacht. »Tritt ein und gedulde dich ein wenig. Ich muß erst noch ein Gesicht fertigmalen«, sagte Tuo-lan-ka, als sei solcher Besuch in seiner Hütte etwas Alltägliches, kehrte seinem Gast den Rücken zu und malte weiter.

Als der Tod sah, daß der Maler ihn nicht beachtete und ruhig weitermalte, wurde er zornig: »Du, mach ein bißchen schneller, schließlich kannst du den Kaiser der Himmel nicht warten lassen.«

»Das ist ja alles gut und schön, aber ich muß das Mädchen hier erst fertigmalen«, widersprach Tuo-lan-ka. »Du kannst ja schon vorausgehen und deinem Kaiser ausrichten, er möge sich ein wenig gedulden.«

Der Tod war schrecklich neugierig, was Tuo-lan-ka eigentlich malte, und trat näher. Kaum aber hatte er einen Blick auf das Bild geworfen, da lebte sein längst erstarrtes Herz auf. Von dem Bild lächelte ihm ein so schönes Mädchen entgegen, wie er noch keines gesehen hatte. Leise, auf Zehenspitzen, schlich sich der Tod aus der Bambushütte und kehrte in den Himmel zurück. »Wieso bringst du ihn nicht?« fragte der Kaiser der Himmel streng.

»Verzeiht, es ging nicht«, entschuldigte sich der Tod. »Ich mußte ihn noch ein Gesicht zu Ende malen lassen.«

»So etwas ist mir in meinem ganzen Leben noch nicht passiert! Hol ihn sofort her!« schrie der Himmelskaiser, ganz aus seiner himmlischen Ruhe gebracht. »So verlangt es die himmlische Ordnung, und die lasse ich mir nicht von irgendeinem hergelaufenen Maler durcheinanderbringen.«

Der Tod mußte also wieder auf die Erde hinab. Er lief durch den

Palmenhain und sah schon von weitem das schwache, blinkende Licht im Fenster der Bambushütte, das die tiefe Finsternis durchdrang. Er stürzte zur Tür herein – und blieb wie angegossen stehen. Von dem Bild schaute ihn ein so zauberhaftes Mädchenantlitz an, wie im ganzen Himmel keines zu finden war.

»Eile mit Weile«, brummte der Maler, der noch immer in sein Werk vertieft war. Weil der Tod sich aber diesmal nicht beschwatzen ließ, packte Tuo-lan-ka gehorsam sein Malwerkzeug zusammen, nahm seine Skizzen und eine Opferkerze und folgte dem Tod. Als sie vor den Kaiser der Himmel traten, verneigte sich der Maler und kniete nieder, wie es sich für einen Sterblichen gehört. In der linken Hand hielt er eine brennende Opferkerze und in der rechten seine Skizzen.

»Nun gut«, meinte der Kaiser der Himmel und nickte gnädig. »Ich weiß, daß du auf Erden ein berühmter Maler warst und ohne deine Malerei nicht sein kannst. Deshalb sollst du auch im Himmel malen dürfen.«

Tuo-lan-ka verneigte sich tief und dankte für diese hohe himmlische Auszeichnung. Natürlich vergoß er dabei auch ein paar Tränen, denn er mußte ja Abschied nehmen von seiner Heimat und von der Erde, mit der sich kein Himmel messen kann. Ein wenig betrübt blies er die Kerze aus, und der Tod führte ihn zum Geist des Lebens und sagte: »Hier ist von nun an dein Platz, hier zeige, was du kannst!«

Und so setzte sich der Maler neben den Geist des Lebens, packte seine Pinsel und Farbsteine, seine Tusche und seine Wasserschälchen aus und machte sich ans Malen. Und jedesmal, wenn der Geist des Lebens jemandem eine neue Seele einhauchte, kramte Tuo-lan-ka aus seinen Schätzen das Antlitz hervor, welches das neugeborene Menschenwesen annehmen sollte.

Aber ihr müßt wissen, daß Tuo-lan-ka ein bißchen eigensinnig ist. Von den schönsten Bildern trennt er sich nur ungern. Und wenn die Tai-Mütter auch dem Tuo-lan-ka die herrlichsten Opfergaben darbringen, damit er ihren Kindern das schönste Antlitz verleiht, er bleibt geizig: Die schönsten Bilder behält er im Himmel.

Märchen der Tai

Das Brokatbild

In einem armen Landstrich am Fuße der Berge lebte einst eine Witwe mit ihren drei Söhnen. Der Älteste war ein Taugenichts, der zweite war nicht viel besser, und nur der Jüngste war ein gutherziger, fleißiger Bursche. Die Mutter webte den ganzen Tag, und unter ihren Händen entstanden wunderbare Blumen, Vögel und Tiere. Die Stoffe trug sie auf den Markt in die nahe Stadt, und für den Erlös kaufte sie Essen. Der jüngste Sohn ging ins Holz, die beiden älteren Söhne aber lagen den ganzen Tag faul in der Sonne und warteten, was ihnen die Mutter Gutes vorsetzen würde. Einmal hatte die Mutter ihre Ware früher als sonst verkauft. Wie sie so über den Markt schlenderte, um zu erkunden, wo sie den billigsten Reis kaufen könnte, sah sie an einem Stand ein Bild hängen. Gebannt trat sie näher. Auf dem Bild war derselbe Berg, der hinter ihrem Dorf aufragte, doch statt der armseligen Hütten waren am Fuße des Berges viele ansehnliche Häuser gemalt. Am schönsten war ein zweistöckiges Haus zwischen Blumen und Gras. Durch den Garten floß ein silberner Bach, und in einem kleinen See schwammen rote Fische. Und das Federvieh, das dort war! Und die weißen Schafe auf den Hängen und die goldenen Maisfelder! Über allem strahlte eine große rote Sonne.

Die Mutter konnte sich nicht von dem Bild losreißen. Ohne zu überlegen, nahm sie alles Geld, das sie für ihren Brokat erhalten hatte, und kaufte das Bild. Nur ein paar Kupfermünzen blieben übrig, und für die erstand sie ein bißchen Reis.

Einmal wird's schon gehen, dachte sie. Das nächste Mal sollen es die Jungen um so besser haben.

Unterwegs blieb sie jeden Augenblick stehen, rollte das Bild auf und erfreute sich an ihm. Sie zählte die Hühner und Enten auf dem Hof, schaute, welches Gemüse neben dem Haus wuchs und welche Blumen im Garten blühten, und war glücklich wie noch nie.

Zu Haus hängte die Mutter das Bild an die Tür und mußte es immer wieder bewundern. Die beiden älteren Söhne murrten, daß sie nur unnötig Zeit und Geld verschwendet habe, der Jüngste aber sagte: »Von ganzem Herzen wünsche ich Euch ein solches Haus mit Garten, Mutter. An Eurer Stelle würde ich nach diesem Bild Brokat weben. Und wenn Ihr dann das Haus und die Blumen und den Bach und die Hühner hineinwebt, so wird Euch sein, als wäre das alles Wirklichkeit.«

»Was redest du da für Unsinn«, meinte der älteste Sohn. »Wenn sie nur zu ihrem Vergnügen webt, wovon sollen wir dann leben?«

»Du hast recht«, unterstützte ihn der zweite Sohn. »Wenn sie wie eine große Dame leben will, dann soll sie auf ihr nächstes Leben warten. Vielleicht hat sie in dem mehr Glück.«

Die Mutter aber fand an dem Einfall des Jüngsten Gefallen.

»Macht euch keine Sorgen, Jungen. Ihr sollt schon nicht zu kurz kommen«, beruhigte sie die Söhne. »Ich werde auch am Abend und am frühen Morgen weben. Ich habe euch bisher ernährt und werde euch auch in der Zukunft ernähren.«

Sie kaufte das beste Garn und machte sich an die Arbeit. Ein ganzes Jahr lang saß die Mutter am Webstuhl und webte. Abend für Abend zündete sie die Fackel an, und der beißende Rauch trieb ihr die Tränen in die Augen. Die glitzernden Tropfen fielen auf den Brokat, und die Mutter webte sie in das Bild hinein. So webte sie aus den Tränen den Bach und den See mit den zitternden Wellen.

Im zweiten Jahr röteten sich die Augen der Mutter von der Anstrengung, und auch die Tränen färbten sich rot. Und so fielen rote Tropfen auf den Brokat, und die Mutter webte sie in das Bild hinein. So webte sie rote Blumen und die gleißende Sonne.

Im dritten Jahr war das Bild fertig. Und alles war darauf, was man sich nur denken konnte. Grünes Land am Fuße des hohen Berges, Häuser wie aus Silber, goldener Mais auf den Feldern, Gemüse und Blumen und Ziersträucher in den Gärten, und am Dorfrand erhob sich statt der armseligen Hütte der Witwe ein hohes Gebäude mit roten Säulen, gelben Türen und einem blauen Dach. Hinter dem Haus weideten auf dem Hang Schafe und Büffel und Kühe, im Gras pickten Kücken und watschelten Enten, und in der Luft flogen Vögel. Vor dem Haus war ein Garten voller Bäume und herrlicher Blumen. In der Mitte lag ein kleiner See mit roten Fischen, und aus dem See sprudelte ein silberner Bach und floß zu den Reisfeldern hin. Über allem hing eine große rote Sonne.

Die Mutter rieb sich die entzündeten Augen und lächelte glücklich. Die Söhne kamen und standen staunend vor dem Bild.

»Wieviel Goldstücke könnte man wohl dafür verlangen?« fragte der Älteste.

»Dafür könnte man so manches anschaffen«, meinte der zweite. Aber der jüngste Sohn erklärte: »Die Mutter hat uns ein Haus gewebt. Wir werden es anschauen und im Geiste darin wohnen.«

»Das Bild habe ich für mich selbst gewebt und verkaufe es nicht«, sagte die Mutter. »Hier in der dämmerigen Stube kann man nicht so recht sehen, was alles darauf ist. Wir wollen es ans Licht tragen.«

Sie hängten das Stück Brokat draußen auf, und das Bild leuchtete in brennenden Farben. Erst jetzt sah man, wie schön es war. Die Nachbarn liefen zusammen, staunten und lobten, und die Mutter lächelte glücklich.

Plötzlich streichelte ein kühler Windhauch die Wangen der Mutter, und wie ein Peitschenschlag flog ein Sturmwind vorbei, riß das Bild von der Tür und trug es davon, niemand wußte, wohin.

Die Mutter schrie auf und fiel in Ohnmacht. Die Nachbarn liefen nach allen Seiten auseinander, das Bild zu suchen. Die Söhne durchforschten die ganze Umgebung – umsonst. Vergeblich fragten sie jeden Wanderer, niemand hatte das Bild gesehen.

Von jenem Tag an ging die Mutter wie abwesend umher. Der jüngste Sohn tröstete sie und kochte ihr Ingwersuppe, aber die Mutter siechte unter seinen Augen dahin.

Nach einiger Zeit rief die Mutter ihren ältesten Sohn und sprach: »Wenn du willst, daß ich am Leben bleibe, so geh und bring mir mein Brokatbild zurück. Mir ist, als hätte ich ein Stück meines Lebens verloren.«

Der Sohn zog seine Sandalen an und brach nach Osten auf. Einen ganzen Monat war er unterwegs, da kam er zu einem Bergpaß mit einer steinernen Hütte. Vor der Hütte stand ein Pferd und reckte den Hals nach den Erdbeeren zu seinen Füßen aus.

Warum frißt das Pferd die Erdbeeren nicht, dachte der älteste Sohn. Warum steht es nur da und reckt den Hals und macht das Maul auf? Er trat näher und bemerkte, daß auch das Pferd aus Stein war. Der Bursche wunderte sich sehr. Und wie er so dastand und mit aufgerissenen Augen das steinerne Pferd und die steinerne Hütte anstarrte, da trat eine alte Frau aus der Tür.

»Was suchst du hier, mein Sohn?« fragte sie lächelnd.

»Ich suche das Brokatbild meiner Mutter«, antwortete der Bursche. »Sie hat die ganze Landschaft hineingewebt, ein Haus, einen Bach, einen Garten, Geflügel, die Sonne und die Blumen. Drei Jahre lang konnten wir uns wegen des dummen Bildes nicht richtig satt essen, und kaum war es fertig, da hat es der Wind fortgetragen. Wißt Ihr vielleicht, wo es ist?«

»Ich weiß es wohl«, sagte die Frau. »Das Bild haben sich die Feen vom Sonnenberg ausgeliehen. Sie wollen nach seinem Vorbild auch solchen Brokat weben.«

»Da bin ich aber froh, daß ich nicht mehr in der Welt umherirren muß«, sagte der älteste Sohn. »Welcher Weg führt denn zum Sonnenberg? Ich werde gleich hingehen, und dann habe ich endlich meine Ruhe.«

»Das ist leichter gesagt als getan«, lachte die Frau. »Nur auf diesem Pferd kannst du den Sonnenberg erreichen.«

»Aber das Pferd ist ja aus Stein«, wandte der Bursche ein.

»Aus Stein ist es wohl, aber es wird lebendig, sobald ich ihm deine Zähne einsetze, damit es zehn Erdbeeren abreißen und fressen kann.«

Der älteste Sohn starrte die Alte erschrocken an, und seine Knie zitterten.

»Das ist noch gar nichts«, fuhr das Weiblein munter fort. »Du mußt auf dem Pferd durch Flammen reiten und durch Treibeis schwimmen. Erst hinter dem Meer findest du den Sonnenberg und die Feen. Aber wenn du unterwegs auch nur einen einzigen Laut von dir gibst, verbrennen dich die Flammen zu Asche – oder die Eisschollen zermalmen dich – oder die Meereswellen verschlingen dich. Wenn du willst, mein Sohn, schlage ich dir gleich die Zähne aus und setze sie dem Pferd ein.«

Der älteste Sohn wich ängstlich zurück und schaute den Weg entlang, den er gekommen war.

Die Frau sagte lächelnd: »Nun, wenn du nicht willst, so tu dir keinen Zwang an. Kehr lieber nach Hause zurück. Ich gebe dir ein Kästchen mit Goldstücken auf den Weg.«

»Und die gebt Ihr mir nur so, für nichts und wieder nichts?« fragte der Bursche überrascht.

»Nur so«, nickte die Frau.

»Dann gehe ich lieber nach Haus«, sagte der älteste Sohn, nahm die Goldstücke, und schon lief er davon. An der Wegkreuzung sagte er sich: Für einen ist es ja mehr als genug, aber für vier ist es zuwenig. Ich will lieber in die Stadt gehen und dort wie ein Herr leben.

Und er schlug den Weg in die Stadt ein. Als der älteste Sohn nicht zurückkehrte, sagte die Mutter zu dem zweiten Sohn: »Dein Bruder treibt sich irgendwo in der Welt herum und hat uns sicher schon längst vergessen. So zieh denn du aus und bring mir mein Brokatbild zurück!«

Der Sohn zog seine Sandalen an und machte sich auf den Weg. Er ging einen Tag, er ging eine Woche, er ging einen Monat. Auch er kam zu der steinernen Hütte und sah das steinerne Pferd, das den Kopf nach den Erdbeeren ausstreckte.

Aus der Tür trat aber wieder die alte Frau und fragte: »Was führt dich hierher, mein Sohn?«

»Ich suche ein Brokatbild«, brummte der zweite Sohn unmutig. »Die Mutter hat es gewebt, und der Wind hat es davongetragen.«

»Dein älterer Bruder war schon vor dir da«, sagte die Alte, »aber er fürchtete sich, durch Feuer und Eis zu reiten und das Bild zu holen.«

»Aber das Pferd ist ja aus Stein«, wandte der Bursche ein. »Wenn du dir mit einem Stein die Zähne ausschlagen läßt, damit ich sie dem Pferd einsetzen kann, kannst du dir das Bild von den Feen holen.«

»Das fehlte gerade noch, mir die Zähne ausschlagen zu lassen«, sagte erschrocken der zweite Bruder. »Da kehre ich lieber um.«

»Ich gebe dir ein Kästchen mit Goldstücken mit auf den Weg«, sagte die Frau. »Dein Bruder hat auch eins bekommen.«

Deshalb hat er auch nicht nach Haus gefunden, dachte der zweite Sohn. Recht hat er getan! Sicher lebt er irgendwo in Saus und Braus.

Er nahm das Kästchen mit den Goldstücken und machte, daß er davonkam. An der Wegkreuzung überlegte er nicht erst, sondern ging geradewegs in die Stadt.

»Jetzt lasse ich's mir gutgehen. Warum sollte ich so dumm sein und mit jemandem teilen?«

Als auch der zweite Sohn nicht zurückkehrte, rief die Mutter den Jüngsten herbei und sprach: »Mein Sohn, ich werde von Tag zu Tag schwächer. Wenn ich das Brokatbild nicht bekomme, werde ich wohl nicht mehr lange leben. Deine beiden Brüder treiben sich irgendwo in der Welt herum und haben uns sicher schon längst vergessen. Auf dich war immer am meisten Verlaß. Geh, vielleicht findest du das Bild.«

Der Sohn zog seine Sandalen an und machte sich auf den Weg. Als er zu dem Bergpaß kam, streckte noch immer das steinerne Pferd seinen Hals nach den Erdbeeren aus. In der Tür der steinernen Hütte stand die alte Frau und sprach: »Beschwerlich ist der Weg zu dem Brokatbild. Deine Brüder haben lieber Goldstücke genommen, als ihre Mutter zu retten.«

»Ich fürchte nichts«, antwortete der jüngste Sohn. »Und Geld will ich keins. Geld macht meine Mutter nicht gesund. Was muß ich tun, damit ich das Brokatbild finde?«

Die Frau beschrieb ihm den Weg durch das Feuer und durch das Eis und sagte ihm auch, daß er seine Zähne dem Pferd leihen müsse, damit es lebendig würde und zehn Erdbeeren abpflücken könne. Die Frau hatte noch nicht zu Ende gesprochen, da bückte sich der Jüngling schon nach dem ersten besten Stein, schlug sich mit einem Schlag alle Zähne aus und setzte sie dem Pferd ins Maul. Das Pferd wurde lebendig und fraß zehn Erdbeeren. Der Jüngste schwang sich auf seinen Rücken und preschte davon.

»Vergiß nicht, daß du keinen Laut von dir geben darfst, selbst wenn dich die Flammen brennen und das Eis dir die Haut aufreißt«, rief die Frau ihm nach.

Ohne Aufenthalt ritt der Reiter tief und tiefer in die Berge hinein, bis er zu einer Stelle kam, wo die Flammen aus dem Innern der Erde loderten. Der Jüngling gab dem Pferd die Sporen, und schon flogen sie durch die Feuerwand. Die Flammen brannten und drohten ihn zu ersticken, aber er klagte nicht. Als er schon glaubte, die Flammen würden ihn verschlingen, verloschen sie plötzlich, und Reiter und Pferd standen auf einem schattigen Steinpfad zwischen hohen Felsen. Der jüngste Sohn wischte sich den Schweiß von der Stirn, atmete die reine, kühle Luft ein und ritt weiter. Lange zogen sie dahin. Allmählich drang das Rauschen des Meeres an sein Ohr. Bald standen sie am Rande einer Meeresbucht. Der Jüngling zitterte vor Kälte. So weit das Auge reichte, türmte sich Treibeis. Riesige Eisberge krachten gegeneinander, daß es donnerte. In der Ferne aber lag ein hoher grüner Berg, ganz von goldenem Sonnenschein überflutet.

»Der Sonnenberg! Vorwärts, mein Pferdchen, beeil dich, damit wir bald an Ort und Stelle sind.«

Das Pferd stürzte sich ohne Zögern in das Treibeis. Das Eis brannte wie Feuer und schürfte ihm die Haut auf. Die Wellen peitschten ihm ins Gesicht, aber der Jüngling biß die Zähne zusammen und gab keinen Laut von sich. Als er schon glaubte, von den eisigen Wellen verschlungen zu werden, trug das Pferd seinen Reiter ans Ufer. Sogleich trocknete die Sonne seine Kleider und heilte die Wunden, und ehe sich's der jüngste Sohn versah, waren sie auf dem Berg angelangt. Vor ihnen erhob sich ein glitzernder Kristallpalast, und aus dem Garten klang Mädchengesang.

Der Jüngling ritt durch das Tor und sprang vom Pferd. Vor dem Bild der Mutter saß eine Schar hübscher Mädchen, und alle webten Brokat. Als die Mädchen den Fremden erblickten, ließen sie ihre Arbeit liegen, liefen lachend zu dem Jüngling und begrüßten ihn. Ein zierliches Mädchen in einem weinroten Kleid gefiel ihm besonders gut.

In dem Augenblick trat eine schöne Frau zu ihm. Ihr Kleid glitzerte wie die Sonne auf dem Wasser. Ihr Haar wurde von einer goldenen Spange zusammengehalten.

»Ich bin die Königin der Feen«, sagte sie. »Zu uns kommt so leicht kein Mensch. Was ließ dich den gefährlichen Weg wagen?«

»Ich bin gekommen, um das Brokatbild meiner Mutter zu holen«, antwortete der jüngste Sohn. »Der Wind hat es bis zu Euch getragen, und meine Mutter ist deswegen erkrankt.«

»Der Wind hat das Bild nicht zufällig davongetragen. Wir haben ihn geschickt. Wir wollten nach dem Bild deiner Mutter eigenen Brokat weben. Wir sind schon fast fertig. Wenn du uns das Bild noch diese letzte Nacht läßt, dann sollst du es morgen haben. Bis dahin aber sei unser Gast«, sprach die Feenkönigin.

Der Jüngling wußte nicht, wie ihm geschah. Die Feen umringten ihn lachend und gaben ihm Nektar und Ambra zu kosten, als sei er einer der Unsterblichen, und dann setzten sie sich wieder an die Arbeit. Bis zum Abend webten sie. Als die Dämmerung hereinbrach, hängten sie eine Perle an die Decke des Saales und arbeiteten in ihrem Lichte weiter. Der Jüngling war schon lange eingeschlafen, ermüdet von dem langen, beschwerlichen Ritt. Inzwischen beendeten die Mädchen ihre Bilder und begaben sich zur Ruhe. Nur die jüngste Fee in dem weinroten Kleid war noch wach.

Sie schaute auf das Bild der Mutter und dann auf das eigene und seufzte tief. Nein, ein solches Bild wie das der Mutter hatte keine der Feen gewebt.

Keiner der Bäche glitzerte so wie der Bach aus den Tränen der Mutter, keine Sonne brannte so wie die aus dem Blut der Mutter. Das Mädchen betrachtete lange den schlafenden Jüngling, und plötzlich fiel ihr etwas ein. Sie nahm einen Seidenfaden und stickte in das Bild der Mutter eine kleine Fee im weinroten Kleid, die am Ufer steht und die roten Fische bewundert.

Es war Mitternacht, als der Jüngling erwachte. Der Saal war leer, nur in der Mitte lag das Brokatbild der Mutter.

Der Jüngste schaute es an.

Warum soll ich bis zum Morgen warten? fragte er sich. Die Mutter ist vor Sehnsucht nach dem Bilde krank, und sicher geht es ihr mit jedem Tag schlechter.

Er rollte das Bild zusammen, steckte es unter seine Jacke, sprang auf das Pferd und machte sich auf den Rückweg. Vergeblich fielen die Wellen mit ihrem scharfen Eis über ihn her, vergeblich umloderten ihn die Flammen der Vulkane. Der Jüngling gab keinen Laut von sich, und ehe er sich's versah, stand das steinerne Haus vor ihm, und von der Schwelle lächelte ihm die alte Frau entgegen.

»Sei willkommen, mein Sohn«, sagte sie freundlich. »Du bist ein guter und mutiger Bursche. Du hast, was du wolltest. Jetzt gebe ich dir noch deine Zähne zurück.«

Sie nahm dem Pferd die Zähne aus dem Maul und setzte sie dem Jüngling ein. Im selben Augenblick wurde das Pferd wieder zu Stein.

»Hier hast du Sandalen aus Hirschleder. Wenn du sie anziehst, bist du im Nu zu Hause«, sprach die Frau.

Der Jüngling bedankte sich bei der Alten, streifte die Sandalen aus Hirschleder über, und augenblicklich stand er vor der Hütte seiner Mutter. Gerade trat die Nachbarin aus der Tür und schüttelte sorgenvoll den Kopf.

»Gut, daß du zurück bist«, sagte sie. »Wer weiß, wie lange

deine Mutter noch leben wird. Sie steht nicht mehr auf, und ihre Augen sehen jeden Tag schlechter.«

Der Jüngste rannte in die Hütte.

»Schaut her, Mutter!« rief er und zog das Brokatbild unter seiner Jacke hervor.

Kaum hatte die Mutter vernommen, daß ihr Sohn wieder zurück war und das Bild mitgebracht hatte, da fühlte sie sich frisch. Sie setzte sich auf, ließ sich das Bild geben und rollte es auf. Auch ihre Augen schienen auf einmal besser sehen zu können. »Trag das Bild hinaus, mein Sohn«, bat sie, »damit man es besser betrachten kann.«

Der Sohn trug das Bild vor die Hütte. Sonnenhell leuchteten die Farben. Plötzlich wehte ein Windhauch und strich über das Bild. Da rollte sich das Bild noch weiter auf, bis es das ganze Land bedeckte. Und aus dem zweistöckigen Hause trat die Mutter, schaute sich um, und Tränen des Glücks rollten ihr über die Wangen. So weit das Auge blickte, reifte auf den Berghängen goldener Mais, das Vieh weidete auf der Wiese, im Gras pickten Kücken und watschelten Enten, durch den Garten floß ein silberner Bach, und überall blühten schöne Blumen.

Alles war so wie auf dem Bild. Aus den silbrigen Häuschen kamen die Nachbarn gelaufen und konnten das Wunder kaum fassen. Der Sohn nahm die Mutter an der Hand und führte sie in den Garten. Langsam schritten sie zum See und konnten sich an all der Pracht nicht satt sehen. Plötzlich blieb der Sohn wie angegossen stehen, und sein Herz schlug freudig. Am See stand die zierliche kleine Fee in dem weinroten Kleid und lächelte.

»Wie bist du denn hierhergekommen?« fragte der Jüngling.

Das Mädchen senkte die Augen.

»Ich habe mich in das Bild gestickt«, flüsterte es. »Du warst es, der mich hergebracht hat. Nun, da das Bild Wirklichkeit ist, gehöre ich ebenfalls hierher.«

Die Mutter betrachtete das schöne Mädchen mit Wohlgefallen. »Wir haben jetzt ein großes Haus, und ich könnte wohl eine Tochter brauchen«, sagte sie.

Die Fee warf dem Jüngling einen schnellen Blick zu, und der nahm sie bei der Hand.

»Willst du meine Frau werden?« fragte er leise, und das Mädchen nickte freudig.

Und so wurde denn Hochzeit gefeiert. Die Mutter lud nicht nur die Nachbarn ein, sondern auch alle Bettler aus dem ganzen Land. Zufällig erfuhren auch die beiden Brüder davon. Sie hatten längst alle Goldstücke verjubelt, und da sie nicht gewohnt waren, von ihrer Hände Arbeit zu leben, zogen sie am Bettelstab durch das Land. Als sie zu ihrer ehemaligen Heimstätte kamen und sahen, wie alles verändert war, da schämten sie sich ihrer Lumpen und wagten sich nicht über die Schwelle.

Der jüngste Sohn aber lebte glücklich und zufrieden mit seiner Feenfrau und seiner alten Mutter in jenem schönen Landstrich unter der strahlenden Sonne.

Märchen der Dschuang

Vom Büffel, der nur ein Horn hatte

Tief im zerklüfteten Gebirge lebte einst ein Junge. Er hatte keine Verwandten mehr und wohnte allein in seiner Bambushütte. Bei der Hütte war ein kleines Feld, das er mit Reis bepflanzte. Eines Tages – es war nach der Ernte, und in der Stadt wurde Markt abgehalten – nahm er zwei Bund Reis und stieg von den Bergen ins Tal hinab.

Als er den Reis verkauft hatte, spazierte er noch ein bißchen neugierig zwischen den Buden der Händler umher. Lange verweilte er vor einem Stand mit Pinseln, Schüsselchen, Farben, Kohlestiften, Tuschen und dem feinsten Reispapier.

Da überkam ihn der Wunsch, auch einmal etwas zu malen. Doch er besaß nur ein paar Kupfermünzen, die langten nie und nimmer für den Kauf von so teuren Farben. Ach, wenn er doch wenigstens ein kleines Stück Kohle zum Zeichnen hätte! Und so kaufte er nach langem Überlegen ein Stück schwarze Zeichenkohle. Ungeduldig eilte er dann mit seinem Schatz nach Hause. Dort riß er ein großes Blatt vom Bananenbaum und begann zu zeichnen.

Dabei fiel ihm ein, wie schön es wäre, einen Kameraden zu haben, mit dem er alle Freuden und alle Sorgen teilen könnte. Die Hand fuhr weiter über das Bananenblatt, und schließlich schaute ihm ein Büffel mit einem einzigen Horn auf der Stirn entgegen.

»Ach, mein Gott«, seufzte der Junge, »wenn du doch bei mir bleiben wolltest und mir auf dem Feld helfen könntest, das wäre für uns beide ein viel lustigeres Leben!« Und er nahm das Blatt und hängte es in seiner Hütte auf. Dann ging er wieder hinaus und blieb wie erstarrt stehen: Draußen vor der Tür stand ein Büffel mit einem einzigen Horn auf der Stirn. Der Junge wollte seinen Augen nicht trauen und lief in seine Hütte, um sich noch einmal den Büffel auf der Zeichnung anzusehen. Doch das Blatt war leer, und von der Zeichnung war keine Spur zu entdecken. Nun wußte der Junge, daß der Büffel draußen derselbe war, den er gezeichnet hatte.

Von jenem Tag an lebte der Junge glücklich und zufrieden mit seinem neuen Kameraden. Am Tage arbeiteten sie einträchtig auf dem Feld, und am Abend legten sie sich gemeinsam zur Ruhe und schliefen nebeneinander.

Eines Tages kamen durch jene Berge kaiserliche Soldaten gezogen. »Schaut nur, da ist ein Büffel mit nur einem Horn«, rief ein Soldat. »Sein Fleisch wird unserem Kaiser bestimmt besonders gut schmecken.«

Umsonst flehte der Junge, ihm seine einzige Freude nicht zu nehmen. Die Soldaten ließen sich nicht erweichen und führten den Büffel weg.

»Gebt mir meinen Büffel wieder!« rief der Junge und lief den

Soldaten nach, über Berg und Tal, bis zum Kaiserpalast. Dort fiel hinter den Soldaten und dem Büffel das schwere Tor zu, und der Junge stand draußen.

Auf Knien bat er die Wache: »Gebt mir doch meinen Büffel wieder! Er ist mein einziger Kamerad, meine einzige Freude auf der Welt.« Doch all sein Flehen war vergeblich. So setzte sich denn der Junge vor das Tor, legte den Kopf in die Hände und weinte bitterlich. Nach langer Zeit öffnete sich das Tor, und die Soldaten warfen das Büffelhorn und die Knochen hinaus.

»Das ist von deinem Freund übriggeblieben«, lachten sie. »Der Kaiser läßt ausrichten, daß ihm das Büffelfleisch köstlich geschmeckt hat.«

Der Junge sammelte die Knochen und das Horn auf, band alles in ein Bündel und machte sich traurig auf den Heimweg. Den ganzen Weg über weinte er, aber das konnte seinem Kameraden das Leben nicht zurückgeben. Zu Hause hängte er das Horn in seiner Hütte auf und begrub die Knochen neben der Hütte.

An der Stelle, an der er die Knochen begraben hatte, trieb nach wenigen Tagen ein grüner Bambussproß aus der Erde und wuchs schon bald zu einem schlanken Stamm heran. Täglich ging der Junge zu dem Bambus, lehnte seine Wange an den Stamm und lauschte dem Wispern der Blätter. Der Bambus aber wuchs und wuchs, bis sich seine Spitze in den weißen Wolken verlor.

Das ist gewiß kein gewöhnlicher Bambus, dachte der Junge. Ich sollte einmal nachschauen, wie hoch er wächst.

Er umschlang den kräftigen Stamm und kletterte daran in die Höhe. Lange kletterte er, es wurde ihm fast schwindlig, aber schließlich war er in einer weißen Wolke. Er schob die Wolke zur Seite, und vor ihm öffnete sich ein blaues Tor, durch das er mitten in den Himmel schritt. Ach, war es dort schön! Überall dufteten Blumen, und über den blauen Spiegel fuhren Wolkenschiffe mit Feen hin und her. Plötzlich entdeckte eine der Feen den Jungen. Sie schrie auf – und im selben Augenblick verschwanden die Feen und der Himmel. Nur die Bambusspitze, die durch die weißen Wolken ragte, war noch da. Der Bambus schwankte, wurde kleiner und wuchs zur Erde zurück. Es dauerte nicht lange und der Junge stand vor seiner Hütte und starrte traurig zum Himmel empor.

Vor seinen Augen zogen noch einmal die lieblichen Gesichter der Feen vorüber. Nichts sehnlicher wünschte der Junge, als eine von ihnen zur Frau zu gewinnen. Doch der Bambus war verschwunden. Das blaue Himmelstor hinter den Wolken war verschlossen, und der Himmel war unendlich hoch. Auf Schritt und Tritt überlegte der Junge, wie er es anstellen könnte, noch einmal in den Himmel zu gelangen. Kein Essen schmeckte ihm mehr, kein Schlaf erfrischte ihn. Er saß nur ständig vor der Hütte und schaute sehnsüchtig zum Himmel auf. Eines Nachts erschien ihm im Traum sein alter Freund, der Büffel, lächelte ihn mit seinen weisen Augen an und sprach: »Warum bist du so traurig? Hast du das Zeichnen vergessen? Wenn du eine Fee zur Frau willst, dann zeichne sie doch einfach. Wenn dir das Bild gelungen ist, ist es leicht, die Zeichnung lebendig werden zu lassen. Nimm das Horn von der Wand und blas hinein!«

Als der Junge am Morgen erwachte, lief er gleich hinaus, um ein Bananenblatt abzureißen. Dann ging er in die Hütte und begann zu zeichnen. Zehn Tage saß er in der Hütte, vergaß die Welt um sich und zeichnete und zeichnete. Als der zehnte Tag zu Ende ging, blickte ihm von dem Bananenblatt ein so liebliches Gesicht entgegen, daß es dem Jungen den Atem verschlug. Er nahm das Horn von der Wand, legte es an seine Lippen und blies hinein. Da erbebte die Luft, himmlischer Duft wehte, und die Hütte erstrahlte in einem rosa Licht. Die Fee auf dem Blatt bewegte sich, lächelte dem Jungen zu und sprang aus dem Bild.

»Ich will deine Frau sein«, sagte sie. »Du wirst auf dem Feld arbeiten, und ich werde zu Haus spinnen. Wir wollen gut zueinander sein und uns unseres Lebens freuen.«

Und sie reichte ihm ihre Hand.

Mit jenem Tag zog das Glück in der kleinen Hütte ein, und der Junge hatte keinen Wunsch mehr.

Eines Tages aber marschierten wieder kaiserliche Soldaten durch die Berge.

»Ach, ist die schön!« rief einer der Soldaten, als er die hübsche Fee erblickte. »Die wird unserem Kaiser gewiß gefallen!« Kein Weinen und kein Klagen rührte die Soldaten, und sie führten die Fee gewaltsam hinweg.

Mit wehem Herzen saß der Junge in seiner Hütte, und heiße Tränen rollten über sein Gesicht. Plötzlich aber hellte sich seine Miene auf. Er nahm den Kohlestift und begann zu zeichnen. Nach einer Weile hatte er einen geflügelten Tiger gezeichnet, der seine Zähne fletscht. Der Junge nahm das Büffelhorn von der Wand und blies hinein. Da sprang der Tiger aus dem Bild. Der Junge schwang sich auf seinen Rücken, und schon flogen sie zum Kaiserpalast. Entsetzen packte die Wachen, als sie das wütende Tier heranjagen sahen. Der Tiger fauchte und knurrte und peitschte mit dem Schwanz den Boden. Voll Grauen flohen sie in den Palast und warfen das Tor zu. Doch der Tiger setzte darüber hinweg und drang in den Festsaal ein, wo dem Kaiser gerade die schöne Fee zugeführt wurde. Der Tiger brüllte schrecklich, riß seinen fürchterlichen Rachen auf und stürzte sich auf den Kaiser und seine Diener.

Der Junge aber lief zu der Fee, nahm sie auf seine Arme und schwang sich auf den Tigerrücken. Ein Sprung – und der Tiger setzte wieder über das Tor und jagte den fernen Bergen zu.

Als sie die Hütte erreicht hatten, sprangen die beiden jungen Leute von seinem Rücken herab und dankten dem Tiger, der behaglich schnurrte und sich das Fell kraulen ließ. Dann verschwand er im Wald.

Seit jener Zeit lebten der Junge und die Fee in Glück und Frieden, und wenn sie nicht gestorben sind, dann leben sie noch heute in ihrer Hütte in den Bergen.

Märchen der Uiguren

III. Raum und Zeit verschoben

Du gibst meinen Schritten weiten Raum (Psalm 18,37)

Die Quelle im Pfirsichblütenwald

Es lebte einst, zu Zeiten Tai Yüans, ein Fischer in Wu-Ling. Dort war ein Fluß, auf dem er aufwärts fuhr, und er vergaß, ob weit, ob nahe er gefahren war, als da ein Wald ganz hell von Pfirsichblüten beide Ufer wohl viel hundert Schritte tief umfing. Da gab es keine andern Bäume; frisches, schönes Duftgras nur, in das sich Pfirsichblütenblätter niederstreuten. Der Fischer wunderte sich sehr darüber, und er fuhr noch weiter, denn er wollte wissen, wo des Waldes Ende war. Am Waldesrande aber war ein Berg, da quoll der Fluß heraus, und da war auch ein kleiner Gang hinein – wie lichtumschwebt.

Dort trat er ein – es ging gerade – wenig Schritte weiter aber ward es hell und weit – ein weithin ausgedehntes Land.

Zwischen guten Feldern, schönen seichten Wasserflächen lagen sauber Hütten und auch Häuser. Wege führten kreuz und quer, es gab wohl alle Arten Bambuspflanzen und viel Maulbeersträucher. Von jedem Dorfe zu dem andern klang die Antwort von den Hunden und den Hühnern. Männer und Frauen – ganz wie bei uns – säten die Felder; friedlich und froh des eigenen Tuns waren so Kinder als Greise. Sie staunten, als sie unsern Fischer sahen und ihn dann befragten; über seine Rede aber luden sie ihn ein zu sich und gaben ihm vom Wein und schlachteten zum Mahl die Hühner. Im Dorfe hörte man davon, und jeder kam und fragte. Selbst erzählten sie, daß ihre Eltern einst zur unruhigen Zeit von Tsin Schï Huang mit Frau und Kind und allen Leuten fort- und hergezogen seien, daß von damals her nicht einer mehr herausgekommen sei, und daß sie auch daher nichts wüßten von den Menschen draußen. Wer wohl König sei, das fragten sie; sie kannten nicht die Dynastie der Han, geschweige die der We und Dsin. Der Fischer aber gab ihnen von allem Kunde, was er wußte, daß sie nur so lauschten. Mancher Tag verging ihm dort auf diese Weise, eingeladen und bewirtet, wie er war, mit Wein und Speise. Dann beim Abschied meinten sie, es sei wohl nicht der Mühe wert, den Leuten draußen was davon zu sagen.

Der Fischer kam wieder heraus, bestieg sein Boot zur Heimkehr und behielt genau die Orte der Umgebung im Gedächtnis. In der Hauptstadt des Bezirkes gab er dem Beamten Bericht, und der hat Boten ausgesandt nach jener Schilderung. Die haben sich dabei verirrt und nicht den Weg gefunden.

Wohl ging noch Liu Dsï Ki, der Weise aus dem Süden, frischen Mutes auf die Suche. Doch ehe er das Ziel erreichte, ward er krank und starb. Seither hat niemand nach dem Weg gefragt.

Chinesisches Märchen

Zweierlei Leben

Es lebte einmal ein Estanziero, der eine ansehnliche Familie besaß. Eines Abends, als sie gerade beim Nachtmahl saßen, rief jemand vor der Tür.

»Geh hinaus und schau, was man will!« sagte der Estanziero zu einem der Knechte.

»Herr, draußen ist ein Reiter, der Euch sprechen möchte«, brachte der Knecht die Antwort. Da stand der Herr auf und ging hinaus. Im Dunkeln erkannte er einen großen Mann auf einem feurigen Pferd mit silberbeschlagenem Zaumzeug. Der Reiter grüßte den Estanziero und sagte: »Es treibt sich wieder eine Bande von Strauchdieben in der Gegend herum. Sperrt alles ein! Oder noch besser: gebt mir einen tüchtigen Mann mit! Wir haben schon eine Gruppe von zuverlässigen Leuten gesammelt und wollen die Bande unschädlich machen.«

»Ich danke für die Warnung«, sagte der Estanziero, »und ich gebe Euch gern meinen Ältesten mit. Das ist der beste Reiter und Schütze. Wie lange wird er denn ausbleiben?«

»Herr, er wird morgen wieder heimkommen«, antwortete der unbekannte Reiter.

»Gut, so braucht er nicht viel mitzunehmen.«

Der Herr ließ seinem ältesten Sohn Pedro ein Pferd satteln. Der nahm sein Gewehr, verabschiedete sich flüchtig von den Eltern und den Geschwistern, schwang sich aufs Pferd und ritt mit dem Unbekannten davon.

Es war schon Mitternacht, als sie eine größere Gruppe von Reitern trafen und mit ihnen die Verfolgung der Bande aufnahmen. Der unbekannte Kavalier, der Pedro abgeholt hatte, erwies sich als ein kundiger Anführer, er ließ die Banditen umstellen und überfallen. Die meisten der Räuber wurden erschossen oder gefangengenommen; nur einem gelang es zu fliehen. Pedro schwang sich auf sein Pferd und verfolgte ihn.

Er ritt und ritt, und es dämmerte schon der Morgen, aber Pedro hatte den Banditen noch immer nicht erreicht. Der durchfurtete einen großen Fluß und war auf einmal verschwunden.

Pedro war hinter dem Räuber durch den Fluß gekommen, und er sah sich nun in einer Gegend, die er gar nicht kannte. Er erblickte in der Ferne ein Haus und ritt darauf zu. Als er dort ankam, sah er, daß das Haus eine Herberge war, und da ihn der lange Nachtritt ermüdet hatte, beschloß er, sich dort auszuruhen.

Er rief den Wirt heraus und bat um ein Zimmer, das ihm auch bereitwillig zugewiesen wurde. Dann schlief er, und als er aufwachte, war es schon wieder Abend. Er wollte den Wirt nach dem Heimweg fragen, aber er konnte sich nur schwer mit ihm verständigen; denn der sprach eine so seltsame Sprache, daß Pedro nur einzelne Worte verstand. Er glaubte aber, daß der Wirt ihm raten wolle, in die Stadt zu reiten. Und so blieb er noch über Nacht und ritt am nächsten Tag in die Stadt, die nicht sehr weit entfernt lag.

In der Stadt fragte er verschiedene Leute nach dem Weg in seinen Heimatort, aber niemand kannte ihn. Müde stieg er vom Pferd und wußte nicht, was er tun sollte, als ein Kavalier kam. Pedro hatte zwar den unbekannten Anführer im Dunkeln nicht recht erkannt, aber er erkannte das Pferd wieder. »Ach, da seid Ihr ja!« rief Pedro aus. »Ich habe mich bei der Verfolgung des Banditen verritten und den Heimweg nicht mehr gefunden. Und nun bin ich ganz verwirrt, denn niemand von den guten Leuten hier kennt meine Heimat.«

»Aber das macht doch nichts«, sagte der Unbekannte, »du bist nun einmal hier, und es freut mich, wenn du als Gast in mein Haus kommst. Später dann werde ich dir einmal den Heimweg zeigen lassen. Ich bin dir Dank schuldig für deine Hilfe, und es soll dir bei uns gut ergehen.«

Er nahm also den Pedro mit sich nach Hause, in einen prächtigen Palast mitten in der Stadt, mit vielen schönen und reichen Zimmern und Sälen. Pedro fand Gefallen an dem Leben in der Stadt, und vor allem verliebte er sich in eine Tochter des unbekannten Herrn, von dem er nun erfuhr, daß er ein reicher Graf war.

Aber nach einigen Tagen wollte Pedro nach Hause zurückkehren, doch der Graf sagte zu ihm: »Pedro, bleibe noch etwas bei uns. Dein Vater weiß, wann du zurückkommst, und du wirst auch pünktlich daheim sein.« Da ließ sich Pedro überreden, und er blieb in der Stadt. Und es verging kaum ein Jahr, da heiratete er die Tochter des Grafen, und der ließ dem jungen Paar einen anderen Palast bauen, der war nicht weniger prächtig als sein eigener.

Pedro, der nun ganz in jenem Lande heimisch geworden war, ging dort seinen Geschäften nach. Seine Frau gebar ihm Söhne und Töchter, und er lebte glücklich und zufrieden.

Nur von Zeit zu Zeit hatte er Sehnsucht nach seinen Eltern und Geschwistern, aber immer vertröstete ihn sein Schwiegervater: »Es hat doch Zeit. Du kommst früh genug nach Hause.«

So verstrichen die Jahre, und Pedro war bereits Großvater geworden, als er seine Sehnsucht nach daheim nicht mehr bezähmen konnte, und eines Abends sagte er zu seinem Schwiegervater, der nun schon ein gebrechlicher Greis war: »Vater, morgen will ich aufbrechen und meine Familie besuchen.«

»Willst du wirklich?«

»Ja. Ich fürchte zwar, meine Eltern werden längst im Grabe liegen, aber meine Brüder und Schwestern sollten noch am Leben sein, denn ich bin ja der Älteste.«

»Nun, so werde ich dir morgen jemand mitgeben, der dir den Weg zeigt«, sagte der Graf.

Am nächsten Tag ließ Pedro ein Packpferd mit Geschenken für seine Geschwister beladen und verabschiedete sich von seiner Frau und seinen Söhnen und Enkeln. Der Diener des Grafen ritt ihm voraus und brachte ihn so zu jenem Fluß, durch den er damals auf der Verfolgung des Banditen geritten war.

»Ich werde hier umkehren«, sagte der Diener, »denn drüben werdet Ihr den Weg wieder ohne Mühe selber finden.«

Und so war es. Kaum war Pedro auf der andern Seite des Flusses, da kam ihm alles wieder bekannt vor. Er ritt den ganzen Tag und kam am Abend zum Hause seines Vaters.

»He, holla«, rief er, »wer ist jetzt der Herr des Hauses?«

Da kam sein Vater heraus und fragte: »Fremder, was wollt Ihr?«

»Ach, Vater«, sagte Pedro, »erkennst du mich nicht? Du hast dich aber gar nicht verändert.«

»Was schwatzt Ihr da, Alter?« sagte der Estanziero, »ich habe Euch im Leben nie gesehen!«

»Aber Vater, ich bin doch dein Sohn Pedro.«

Unterdessen war auch die Mutter mit einigen Geschwistern Pedros herausgekommen. Der Estanziero aber sagte: »Nun glaube ich, Ihr seid verrückt, Alter! Ihr mit dem weißen Bart wollt mein Sohn sein? Mein Pedro ritt gestern abend weg, um Banditen zu vertreiben, und wenn Ihr etwas wartet, könnt Ihr ihn bald selber sehen, denn er muß heute abend wieder heimkommen.«

Da stieg Pedro vom Pferd, er war ganz verwirrt und sagte: »Was, gestern soll Euer Sohn fortgeritten sein?«

»Aber ja, zum Teufel, seid Ihr so schwer von Begriff?«

Der Estanziero dachte, der Alte hätte unter der großen Hitze gelitten, und er ließ ihn ins Haus führen, wo Pedro sich gleich auf seinen Platz setzte, der auch sonst immer sein Stammsitz war.

Er sah sich im Kreise um und sagte: »Das ist Juan, das ist Carlos, das ist Dolores, das ist Dorothea, das ist Mariana.«

»Herr«, sagte der Estanziero und betrachtete den vornehm gekleideten Alten, »woher kennt Ihr alle Namen meiner Kinder?«

Pedro aber fuhr fort, alle Dinge aufzuzählen, die im Hause waren und die ein Fremder nicht wissen konnte. Und er überzeugte so nach und nach seine Eltern und seine Geschwister, daß er Pedro war, der am Abend vorher fortgeritten war.

Er erzählte ihnen, wie er über den Fluß geritten und in die Stadt gekommen sei, wie er beim Grafen Aufnahme gefunden und dessen Tochter geheiratet habe. Er erzählte von seinen Söhnen und Töchtern, von seinen Enkelkindern.

Man hat von dieser Geschichte lang gesprochen. Es ist aber schon einige Zeit her.

Das ist alles.

Märchen aus Südamerika

IV. Nicht alle Blütenträume reifen

Was ist das für ein Traum? (1. Mose 37,10)

Warum die Schlüsselblume keine Schätze mehr erschließt

Als es auf der Welt noch Feen gab, besaß die Schlüsselblume Zauberkraft. Wer sie im richtigen Augenblick pflückte, dem brachte sie Glück.

Einst trieb ein Schäfer zu Frühlingsanfang seine Schafe auf die Weide, und als die Herde zu grasen begann, erblickte er nahe bei einem Felsen ein Büschel blühender Schlüsselblumen. Er pflückte die größte und schönste und steckte sie an seinen Hut.

Nach einer Weile wurde der Hut merkwürdig schwer. Der Schäfer setzte ihn ab und blieb wie angewurzelt stehen. Statt der Blüte trug er einen Schlüssel aus purem Gold hinter dem Hutrand.

Als er den Schlüssel in die Hand nahm, erschien im selben Augenblick, wie vom Wind hergeweht, eine wunderschöne Fee.

»Fürchte dich nicht«, sagte sie. »Der Schlüssel wird dir Glück bringen. Lege ihn hier auf den Felsen. Der Stein wird sich auftun, und du wirst alle Schätze der Erde erblicken. Nimm davon, soviel du willst, doch gib acht, daß du das Beste nicht vergißt.«

Der Schäfer wußte nicht, ob er träumte oder wachte. Er trat zu dem Felsen, legte den Schlüssel darauf, und eine unterirdische Grotte öffnete sich, strahlend und glitzernd von Gold, Silber und Edelsteinen, daß ihm die Augen übergingen. Schnell breitete er seinen Kittel aus und packte von den Reichtümern darauf, soviel er tragen konnte. Dann warf er sich das Bündel über die Schulter und

verließ die Grotte. Aber das Wichtigste, den goldenen Schlüssel, ließ er zurück.

Seither erschließt die Schlüsselblume die Schätze der Erde nicht mehr. Und auch die Feen, die sich den Menschen zeigten, wurden nicht mehr gesehen.

Deutsches Märchen

Die Träume und das Stück Brot

Drei Reisende waren im Verlauf einer langen und anstrengenden Reise Gefährten geworden, teilten Freud und Leid und hielten auch eine gemeinsame Kasse. Eines Tages stellten sie fest, daß alles, was sie noch miteinander besaßen, ein Stück Brot und ein Schluck Wasser in einer Feldflasche war. Sie kamen darüber in Streit, wer das Ganze verzehren solle. Als sie auf diese Art und Weise nicht weiterkamen, versuchten sie, das Brot und das Wasser zu teilen. Noch immer konnten sie zu keinem Entschluß kommen.

Als die Dämmerung einbrach, schlug schließlich einer vor, sich schlafen zu legen. Wenn sie wieder aufwachten, solle derjenige, der den bemerkenswertesten Traum gehabt hatte, entscheiden, was zu tun sei.

Am nächsten Morgen standen die drei mit Sonnenaufgang auf.

»Dies ist mein Traum«, sagte der erste: »Ich wurde hinweggetragen zu Orten, die man nicht beschreiben kann, so wundervoll und heiter war es dort. Ich traf einen weisen Mann, der zu mir sagte: ›Dir steht das Essen zu, denn dein vergangenes und dein zukünftiges Leben sind würdig und bewundernswert.‹«

»Wie merkwürdig«, sagte der zweite Reisende, »denn in meinem Traum sah ich tatsächlich meine ganze Vergangenheit und Zukunft. In der Zukunft sah ich einen allwissenden Mann, der sagte: ›Dir steht das Brot mehr zu als deinen Freunden, denn du bist erfahrener und geduldiger. Du mußt gut ernährt werden, denn es ist deine Bestimmung, Menschen zu führen.‹«

Der dritte Reisende sagte: »In meinem Traum sah ich nichts, hörte nichts. Ich fühlte, daß da etwas Zwingendes gegenwärtig war, das mich trieb aufzustehen, das Brot und das Wasser zu nehmen – und sie ohne Umstände zu verzehren. Und das tat ich auch.«

Traumgeschichte der Sufimeister

Der Student und der Kranich

Es lebte einmal ein armer Student. Er konnte alle Gedenktage der alten Weisen nennen, er konnte dichten, ja selbst malen konnte er, doch in der Tasche hatte er nie einen roten Heller. Gegen Abend ging er stets zu einem Freund, einem Gastwirt, setzte sich in eine Ecke und begann zu schreiben oder zu malen. Der Wirt erbarmte sich oft und oft des armen Studenten und gab ihm stets eine Tasse Tee oder ein paar Speisereste.

Eines Tages kam der Student wie immer in die Schenke, doch diesmal setzte er sich nicht hin, sondern nahm Tusche, verrührte sie mit dem Pinsel und malte mit wenigen Strichen einen Kranich an die Wand. Alle Gäste und auch der Wirt betrachteten verwundert den Kranich, der aussah, als würde er jeden Augenblick die Flügel ausbreiten und davonfliegen.

Da wandte sich der Student an den Gastwirt und sagte: »Herr Wirt, ich ziehe heute fort von hier, doch da Ihr immer gut zu mir gewesen seid und nie vergessen habt, was Hunger ist, habe ich Euch heute diesen Kranich gemalt. Es genügt, dreimal in die Hände zu klatschen, und der Kranich schwebt auf den Boden nieder und tanzt für Euch und Eure Gäste. Doch merkt Euch, Herr Wirt, der Kranich kann nur einmal täglich tanzen.«

Nach diesen Worten klatschte er dreimal in die Hände, um den Gastwirt zu überzeugen, und tatsächlich, der Kranich breitete die Flügel aus, plusterte mit dem Schnabel sein zerzaustes Gefieder und stieg auf den Boden nieder. Mit weichen Bewegungen begann er einen sonderbaren Tanz. Den Gästen verschlug es den Atem. Als der Kranich zu Ende getanzt hatte, erhob er sich vom Boden, und gleich stand er wieder regungslos an der Wand.

Dann verabschiedete sich der Student vom verblüfften Gastwirt und ging. Seit diesem Tag brachen für den Gastwirt goldene Zeiten an. Die Gäste strömten in Scharen herbei, denn jeder wollte mit eigenen Augen den Tanz des Kranichs sehen.

Da geschah es eines Tages, daß sich ein bekannter Reicher in der Schenke einstellte, ein böser und habgieriger Mensch. Als der Kranich zu Ende getanzt hatte, wünschte der Reiche, daß er noch einmal tanze.

»Das ist unmöglich, wirklich, das ist unmöglich«, erklärte der Wirt.

Doch der Reiche ließ nicht locker. »Ich will, daß er noch einmal tanzt«, sagte er hart und warf einen Beutel voller Goldstücke auf den Tisch.

Was konnte der arme Wirt schon tun? Abermals klatschte er dreimal in die Hände. Der Kranich an der Wand bewegte sich, und langsam, traurig, mit hängendem Kopf stieg er herab.

Er tanzte, doch es war ein sonderbarer Tanz, bei dem allen Gästen die Tränen in die Augen traten. Als der Kranich seinen Tanz beendet hatte, ging die Tür auf, und der arme Student trat ein. Ohne ein Wort zu sagen, legte er die Flöte an die Lippen, die er in der Hand hielt, und begann zu spielen. Der Kranich schritt ihm gemächlich entgegen. Keiner der Anwesenden rührte sich. Der Student verließ die Schenke, schritt durch das Dorf und spielte dabei eine beklemmende Melodie, und ein paar Schritte hinter ihm schritt traurig der Kranich einher. Und als sie an das Ende des Dorfes gekommen waren, verschwanden der Student und der Kranich, als hätte sie der Erdboden verschlungen.

Seit jener Zeit hat niemand mehr den Studenten und den Kranich gesehen.

Chinesisches Volksmärchen

Ein neues Gesicht

In einem großen Land lebte einmal ein Kaufmann. Er kaufte allerhand Dinge, große und kleine, und verkaufte sie wieder mit einem sehr guten Gewinn. Er kaufte Fabriken und Flüsse, Wälder und Stadtviertel, Bergwerke und Schiffe. Wenn Leute sonst nichts zu verkaufen hatten, kaufte er ihnen ihre Zeit ab, d. h., er ließ sie gegen Lohn für sich arbeiten und kaufte so ihre Muskeln oder ihr Gehirn. Er kaufte den Griff ihrer Arme für sein laufendes Band, den Tritt ihrer Füße für seine Essen, ihre Zeichnungen, ihre Schrift in seine Kontobücher.

Er war ein sehr großer Kaufmann und wurde ein immer größerer Kaufmann. Er war weit und breit sehr geachtet und wurde immer geachteter. Aber auf einmal bekam er eine arge Krankheit.

Eines Tages wollte er wieder einmal etwas kaufen, diesmal ein paar Zinngruben in Mexiko. Eigentlich wollte er sie nicht selber kaufen, sondern einige andere Leute sollten sie für ihn kaufen, damit er sie verkaufen konnte. Er wollte nämlich diese Leute betrügen.

Er verabredete sich mit ihnen in einem Bankhaus. Dort verhandelten sie mehrere Stunden miteinander, indem sie dicke Zigarren rauchten und dazu Zahlen aufschrieben.

Der große Kaufmann erzählte seinen Geschäftsfreunden, wieviel Geld sie bei diesem Geschäft verdienen konnten, und da er ein so geachteter Kaufmann war und nett und freundlich aussah, wie eben ein älterer, rosiger Kaufmann mit weißen Haaren und blanken Augen, glaubten sie ihm auch, wenigstens anfangs. Aber dann passierte etwas sehr Merkwürdiges.

Er merkte plötzlich, daß die Herren ihn ganz eigentümlich ansahen, und dann rückten sie sogar ein wenig von ihm weg, während er sprach. Er sah an sich hinunter, ob an seinem Anzug etwas nicht in Ordnung war, aber sein Anzug war ganz in Ordnung. Er wußte gar nicht, was los war. Die Herren standen mit einem Mal auf, und jetzt sahen ihre Gesichter ordentlich erschrocken aus, und sie sahen deutlich ihn an, und zwar wie etwas Schreckliches, vor dem man Angst hat. Und doch sprach er nicht anders als sonst, nett und freundlich, wie ein großer, geachteter Kaufmann.

Warum also hörte ihm niemand mehr zu, und warum gingen sie jetzt ohne jede Entschuldigung einfach hinaus und ließen ihn sitzen? Denn das taten sie.

Er stand ebenfalls auf, nahm seinen Hut und ging hinunter, um in sein Auto zu steigen. Da sah er noch, wie der Chauffeur furchtbar erschrak, als er ihn sah. Zu Hause eilte er sogleich zu einem Spiegel. Da sah er etwas Schreckliches: Aus dem Spiegel entgegen blickte ihm das Gesicht eines *Tigers*. Er hatte ein neues Gesicht bekommen! Er sah aus wie ein Tiger!

Bertolt Brecht

V. Traumland, glückliches

Da werden wir sein wie die Träumenden (Psalm 126,1)

Das Land ohne Ecken

Giovannino Tagdieb war ein großer Reisender. Er reiste und reiste, und einmal kam er in ein Land, in dem die Hausecken rund waren und die Dächer nicht mit einem Giebel endeten, sondern mit einem sanften Buckel.

Die Straße entlang zog sich eine Rosenhecke, und Giovannino kam sofort auf die Idee, sich eine Rose davon ins Knopfloch zu stek-ken. Beim Abpflücken gab er sehr acht, damit er sich nicht an den Dornen verletzte, aber die Dornen stachen gar nicht, sie hatten keine Spitzen und schienen wie aus Gummi: Sie kitzelten nur ein bißchen.

»Schau an, schau an«, sagte Giovannino laut.

Da tauchte hinter der Rosenhecke ein freundlich lächelnder Schutzmann auf.

»Wissen Sie nicht, daß man hier keine Rosen abpflücken darf?« fragte er.

»Es tut mir leid, daran habe ich gar nicht gedacht.«

»Dann bezahlen Sie nur die halbe Strafe«, sagte der Schutzmann. Giovannino sah, daß der Schutzmann seinen Strafzettel mit einem Bleistift ohne Spitze schrieb, und es entschlüpfte ihm: »Verzeihung, könnte ich wohl einmal Ihren Säbel sehen?«

»Aber gerne«, entgegnete der Schutzmann. Und natürlich – auch der Säbel hatte keine Spitze.

»Was ist denn das für ein merkwürdiges Land?« fragte Giovannino.

»Das Land ohne Ecken und Spitzen«, antwortete der Schutzmann so freundlich, daß man seine Worte eigentlich hätte ›groß‹ schreiben sollen.

»Und wie haltet ihr es denn mit den Nägeln?«

»Die haben wir schon lange abgeschafft, wir leimen alles. Und jetzt geben Sie mir bitte zwei Ohrfeigen!«

Giovannino riß den Mund auf, als ob er eine ganze Torte verschlingen wollte.

»Um Gottes willen, ich will doch nicht wegen Beamtenbeleidigung ins Gefängnis kommen. Die zwei Ohrfeigen müßte doch *ich* einstecken, wenn es hier überhaupt Ohrfeigen gibt.«

»Hier ist es eben so Brauch«, erklärte der Schutzmann höflich, »die ganze Strafe beträgt vier Ohrfeigen und die halbe nur zwei.«

»Zwei Ohrfeigen dem Schutzmann?« fragte Giovannino noch einmal.

»Ja, dem Schutzmann.«

»Aber das ist doch ungerecht, das ist doch entsetzlich!«

»Sicher ist das ungerecht, sicher ist das entsetzlich«, sagte der Schutzmann. »Es ist so abscheulich, daß die Leute sich schwer hüten, etwas Verbotenes anzustellen, um ja nicht einen armen Unschuldigen ins Gesicht schlagen zu müssen. Also, los, jetzt geben Sie mir die zwei Ohrfeigen, und das nächste Mal passen Sie eben besser auf.«

»Aber ich will Ihnen noch nicht einmal einen Nasenstüber geben, geschweige denn eine Ohrfeige. Sondern Sie streicheln.«

»Oh, wenn es so steht«, entschied der Schutzmann, »muß ich Sie leider sofort zur Landesgrenze bringen.«

Und Giovannino, äußerst beschämt, mußte das Land ohne Ecken und Spitzen wieder verlassen.

Bis heute träumt er noch davon, einmal wieder dorthin zurückzukehren und glücklich und zufrieden in einem Häuschen ohne Giebel zu leben.

Gianni Rodari

Menasehs Traum

Menaseh war ein Waisenkind. Er lebte bei seinem Onkel Mendel, einem armen Glaser, der es kaum schaffte, seine eigenen Kinder recht zu versorgen. Menaseh war bald mit der Schule fertig. Nach den Herbstferien sollte er bei einem Buchbinder in die Lehre gehen.

Menaseh war schon immer ein wißbegieriges Kind gewesen. Kaum konnte er sprechen, hörte er mit Fragen gar nicht mehr auf.

»Wie hoch ist der Himmel?«

»Wie tief ist die Erde?«

»Was kommt nach dem Rand der Welt?«

»Warum werden Menschen geboren?«

»Warum sterben sie?«

Es war an einem heißen und feuchten Sommertag. Ein goldener Dunstschleier lag über dem Dorf. Die Sonne war klein wie der Mond und gelb wie Messing. Die Hunde schlichen mit eingezogenem Schwanz umher. Die Tauben ruhten auf dem Marktplatz. Kauend und die Bärte schüttelnd, lagen die Ziegen im Schutz der Hütten.

Menaseh zankte sich mit seiner Tante Dwoscha und ging ohne Mittagessen aus dem Haus. Er war ungefähr zwölf Jahre alt, hatte ein schmales Gesicht, dunkle Augen und hohle Wangen. Er trug eine verschlissene Jacke und ging barfuß. Alles, was er besaß, war ein zerrissenes Geschichtenbuch, das er schon Dutzende Male gelesen hatte. Es hieß *Allein im wilden Wald*. Das Dorf, in dem er lebte, lag mitten in einem Wald. Und die Leute sagten, man könne bis nach Lublin durch den Wald laufen. Es war Heidelbeerzeit, und ab und zu konnte man sogar Walderdbeeren finden. Menaseh ging durch Wiesen und Kornfelder. Er war hungrig und riß sich eine Kornähre ab, um die Körner zu kauen. Auf den Wiesen lagen Kühe, und es war so heiß, daß sie sogar zu faul dazu waren, mit dem Schwanz die Fliegen zu verscheuchen. In ihre Pferdegedanken versunken, standen zwei Pferde dicht nebeneinander, eines suchte im Schatten des anderen Schutz vor der sengenden Sonne. In einem Buchweizenfeld sah der Junge eine Krähe auf dem Hut einer Vogelscheuche sitzen.

Sobald Menaseh in den Wald kam, wurde es kühler. Wie Säulen standen die Kiefern, und um ihre braunen Stämme hingen goldene Sapperlätzchen, das waren Sonnenflecken. Kuckuck und Specht waren zu hören und der gellende Ruf eines Vogels, den er nicht sehen konnte.

Vorsichtig ging Menaseh über grüne Moospolster. Er watete durch einen seichten Bach, der lustig über Kieselsteine sprang. Der Wald war still und doch voller Stimmen und Geräusche.

Menaseh wanderte immer tiefer hinein in den Wald. Sonst ließ er Steine hinter sich fallen, um den Heimweg wiederzufinden, aber heute tat er das nicht. Er fühlte sich einsam, der Kopf tat ihm weh, und die Knie wurden ihm weich. Werde ich krank? dachte er. Dann bin ich bald bei Vater und Mutter. Er setzte sich in eine Mulde voller Heidelbeersträucher und stopfte sich eine Beere nach der anderen in den Mund. Aber er war immer noch hungrig. Um die Heidelbeeren wuchsen wilde Blumen, die einen berauschenden Duft verströmten. Ohne daß er es merkte, streckte sich Menaseh auf dem Waldboden aus und schlief ein. Aber im Traum wanderte er weiter.

Die Bäume wurden noch größer, es duftete noch stärker, und riesige Vögel flogen von Ast zu Ast. Die Sonne ging unter. Bald wurde der Wald lichter, und er kam auf eine Ebene mit weitem Blick auf den Abendhimmel. Plötzlich tauchte im Zwielicht ein Schloß auf. Menaseh hatte noch nie ein so wunderschönes Bauwerk gesehen. Das Dach war aus Silber, und darüber erhob sich ein Kristallturm. Die vielen Fenster waren so hoch wie das Gebäude selbst. Menaseh ging auf eines der Fenster zu und schaute hinein. An der Wand gegenüber hing sein eigenes Bild. Er war in prächtige Gewänder gekleidet. Der riesige Raum war menschenleer.

Warum ist das Schloß leer? wunderte er sich. Und warum hängt ein Bild von mir an der Wand? Der Junge auf dem Bild schien lebendig zu sein, und er sah so aus, als würde er ungeduldig auf jemanden warten. Türen öffneten sich, wo vorher keine waren, und Frauen und Männer kamen in den Raum. Sie waren in weißen Satin gekleidet, und die Frauen trugen Juwelen und hielten goldbestickte Gebetbücher in den Händen. Menaseh war starr vor Staunen.

Er erkannte Vater und Mutter, Großvater und Großmutter und andere Verwandte. Er wollte zu ihnen, sie umarmen und küssen, aber das Fenster war im Weg. Menaseh weinte bitterlich.

Da kam sein Großvater Tobias der Schreiber ans Fenster. Der Bart des alten Mannes war so weiß wie sein Mantel. Er sah alt und jung zugleich aus.

»Warum weinst du?« fragte er. Obwohl das Glas sie trennte, konnte Menaseh ihn deutlich hören.

»Bist du mein Großvater Tobias?«

»Ja, mein Kind, ich bin dein Großvater.«

»Wem gehört das Schloß?«

»Uns allen.«

»Mir auch?«

»Natürlich, der ganzen Familie.«

»Großväterchen, laß mich ein!« rief Menaseh. »Ich will mit Vater und Mutter sprechen.«

Liebevoll schaute ihn der Großvater an und sagte: »Eines Tages wirst du hier mit uns leben, aber die Zeit ist noch nicht gekommen.«

»Wie lange muß ich noch warten?«

»Das ist ein Geheimnis. Es wird noch viele, viele Jahre dauern.«

»Großväterchen, ich will nicht so lange warten. Ich habe Hunger und Durst, und ich bin müde. Ich sehne mich nach Vater und Mutter und nach Großmutter und dir. Ich will kein Waisenkind mehr sein.«

»Mein liebes Kind, wir wissen alles. Wir denken an dich, und wir lieben dich. Wir warten alle auf den Tag, da wir zusammensein werden, aber du mußt Geduld haben. Du hast noch eine lange Reise vor dir, ehe du bei uns bleiben wirst.«

»Bitte, laß mich nur ein paar Minuten hinein.«

Großvater Tobias ging vom Fenster weg und beriet sich mit den anderen Familienmitgliedern. Als er zurückkam, sagte er: »Du kannst hereinkommen, aber nur für eine kleine Weile. Wir werden dir das Schloß zeigen und unsere Schätze, aber dann mußt du wieder gehen.«

Eine Tür öffnete sich, und Menaseh ging hinein. Kaum war er über die Türschwelle getreten, da verspürte er weder Hunger noch Müdigkeit. Er umarmte seine Eltern, und sie küßten und drückten ihn an sich. Aber sie sprachen kein Wort. Menaseh fühlte sich seltsam leicht. Er schwebte, und seine Familie schwebte auch. Der Großvater öffnete Tür um Tür, und jedesmal wuchs Menasehs Erstaunen.

Ein Zimmer war angefüllt mit Kinderkleidern: Hosen, Jacken, Hemden, Mäntel. Menaseh erkannte alle seine Kleider, die er getragen hatte, soweit er sich erinnern konnte. Er sah auch seine Schuhe, Strümpfe, Mützen und Nachthemden.

Eine zweite Tür wurde geöffnet, und Menaseh sah alles Spielzeug, das er einmal gehabt hatte: die Zinnsoldaten, die ihm der Vater gekauft hatte; die Pfeifen und Harmonikas; den Brummbären, den ihm der Großvater an Purim gegeben hatte, und das Holzpferdchen, ein Geschenk von Großmutter Sprintze zu seinem sechsten Geburtstag. Die Hefte, in denen er schreiben geübt hatte, seine Bleistifte und die Bibel lagen auf einem Tisch. Die Bibel war geöffnet, und er sah das wohlbekannte Bild von Moses mit den Gesetzestafeln und Aaron in seinen wallenden Gewändern. Beide waren umrahmt von sechsflügeligen Engeln. Er sah auch seinen Namen an der dafür vorgesehenen Stelle.

Menaseh kam kaum aus dem Staunen heraus, als die dritte Tür geöffnet wurde. Dieses Zimmer war angefüllt mit Seifenblasen. Aber sie platzten nicht, wie Seifenblasen das tun, sondern sie segelten feierlich umher und schillerten in allen Regenbogenfarben. Einige spiegelten Schlösser wider, Gärten, Flüsse, Windmühlen und vieles andere. Menaseh wußte, daß das die Seifenblasen waren, die er aus seiner liebsten Seifenblasenpfeife geblasen hatte.

Die vierte Tür wurde geöffnet. Und obwohl kein Mensch zu sehen war, war das Zimmer erfüllt von munterem Geplauder, von Gesang und Gelächter. Menaseh hörte seine eigene Stimme und die Lieder, die er gesungen hatte, als er noch mit seinen Eltern zusammengewesen war.

Er hörte auch die Stimmen seiner früheren Spielkameraden; einige hatte er längst vergessen.

Die fünfte Tür führte in eine große Halle. Hier waren alle die Personen aus den Gutenachtgeschichten versammelt, die ihm seine Eltern erzählt hatten, auch die Helden aus *Allein im wilden Wald.* Alle waren sie da: David der Krieger und die ägyptische Prinzessin, die David vor der Gefangenschaft bewahrt hatte; der Straßenräuber Bandurek, der die Reichen ausraubte und den Armen half; Velikan der Riese, der ein Auge mitten auf der Stirn hatte und der eine Tanne als Wanderstab in der Rechten trug und eine Schlange in der Linken; der Zwerg Pitzeles, dem der Bart bis auf den Boden hing, und der Hofnarr war beim furchtsamen König Merodach; der doppelköpfige Zauberer Malkisedek, der durch seine Hexereien unschuldige Mädchen in den Wüsteneien von Sodom und Gomorrha verschwinden ließ.

Menaseh hatte kaum Zeit, sie alle zu erkennen, da öffnete sich die sechste Tür. Alles und jedes veränderte sich fortwährend. Die Wände drehten sich wie ein Karussell. Bilder blitzten auf. Ein goldenes Pferd wurde ein blauer Schmetterling. Eine Rose, leuchtend wie die Sonne, wurde ein Glas, aus dem feurige Heupferdchen flogen, purpurne Faune und silberne Fledermäuse. Auf einem glitzernden Thron, zu dem sieben Stufen führten, saß König Salomo, der Menaseh irgendwie ähnlich sah. Er trug eine Krone, und zu seinen Füßen kniete die Königin von Saba. Ein Pfau drehte ein Rad und sprach König Salomo auf hebräisch an. Leviten spielten die Lyra. Riesen schwangen ihre Schwerter, und auf Löwen reitende äthiopische Sklaven brachten Wein und Schalen mit Granatäpfeln. Einen Augenblick verstand Menaseh gar nicht, was das alles bedeuten sollte. Dann merkte er, daß er seine Träume sah.

Hinter der siebenten Tür erkannte Menaseh undeutlich Männer und Frauen, Tiere und viele Dinge, die ihm völlig fremd waren. Und alles war nicht so lebendig wie in den anderen Zimmern. Die Figuren waren durchsichtig und von Nebel umgeben. Auf der Türschwelle stand ein Mädchen in seinem Alter. Sie hatte lange, goldene Zöpfe. Obwohl Menaseh sie nicht deutlich sehen konnte, mochte er sie gleich.

Zum erstenmal drehte er sich zu seinem Großvater um. »Was bedeutet das alles?« wollte er wissen. Und der Großvater antwortete: »Das sind die Menschen und Ereignisse deiner Zukunft.«

»Wo bin ich?« fragte Menaseh.

»Du bist in einem Schloß, das viele Namen hat. Wir nennen es den Ort, wo nichts verloren ist. Es gibt noch viel mehr Wunder hier, aber jetzt ist es Zeit für dich. Du mußt gehen.«

Menaseh wollte an diesem seltsamen Ort für immer bleiben, zusammen mit seinen Eltern und Großeltern. Fragend schaute er den Großvater an, aber der schüttelte nur den Kopf. Es schien, als ob Menasehs Eltern beides wollten, daß er bliebe und daß er so schnell wie möglich ging. Sie sprachen immer noch nicht, aber sie machten ihm Zeichen, und Menaseh verstand, daß er in großer Gefahr war.

Das mußte ein verbotener Ort sein. Ohne zu sprechen, sagten ihm seine Eltern Lebewohl. Sogleich war alles verschwunden – das Schloß, die Eltern, Großeltern und das Mädchen.

Menaseh schauderte und wachte auf. Es war Nacht im Wald. Tau fiel. Über ihm hoch oben die Kronen der Kiefern. Der Mond schien voll, und die Sterne blinkten. Er schaute in das Gesicht eines Mädchens, das sich über ihn beugte. Sie war barfuß und hatte eine geflickte Schürze umgebunden. Ihre langen Zöpfe glänzten golden im Mondschein. Sie schüttelte ihn und sagte: »Steh auf, steh auf! Es ist spät. Du kannst nicht hier im Wald bleiben.«

Menaseh setzte sich auf. »Wer bist du?«

»Ich habe Beeren gesucht und dich hier gefunden. Ich wollte dich aufwecken.«

»Wie heißt du?«

»Channeleh. Letzte Woche sind wir ins Dorf gekommen.«

Sie kam ihm bekannt vor, aber er konnte sich nicht daran erinnern, wo er sie getroffen haben mochte. Plötzlich wußte er es aber. Sie war das Mädchen, das er im siebenten Zimmer gesehen hatte, bevor er aufgewacht war.

»Du lagst hier wie tot. Ich fürchtete mich, als ich dich sah. Hast du geträumt? Dein Gesicht war so blaß, und deine Lippen haben sich bewegt.«

»Ja, ich habe geträumt.«

»Wovon?«

»Von einem Schloß.«

»Von was für einem Schloß?«

Menaseh antwortete nicht, und das Mädchen fragte nicht weiter. Sie machten sich zusammen auf den Heimweg. Nie zuvor hatte der Mond so hell geschienen, nie zuvor waren die Sterne so nah. Hinter ihnen gingen ihre Schatten her. Überall zirpten Grillen. Und Frösche quakten mit menschlichen Stimmen.

Menaseh wußte, daß sein Onkel böse auf ihn sein würde, weil er so spät nach Hause kam. Die Tante würde mit ihm schimpfen, weil er ohne Mittagessen gegangen war. Aber das machte ihm alles gar nichts mehr aus. In seinem Traum hatte er eine ganz merkwürdige Welt besucht. Und er hatte eine Freundin gefunden. Channeleh und er hatten schon ausgemacht, am nächsten Tag miteinander in die Beeren zu gehen.

Im Unterholz zwischen Pilzen tauchten kleine Leutchen auf in roten Jacken, goldenen Mützen und grünen Stiefeln. Sie tanzten im Kreis herum und sangen ein Lied, das nur der versteht, der weiß, daß alles lebt und nichts verlorengeht.

Isaac Bashevis Singer

Das Glöckchen

In einem Städtchen am Meer lebte einst bei seinem Tempel ein alter Mönch. Er liebte es, auf der Veranda zu sitzen und aufs Meer hinauszuschauen. Um sich aber nicht so allein zu fühlen, hatte er am Dach über der Veranda ein silbernes Glöckchen angebracht. Es hing an einem breiten Streifen Papier, auf dem ein wunderschönes Gedicht geschrieben stand. Sobald der Wind nur ein kleines bißchen wehte – und am Meer weht er ständig –, bewegte sich das Papier, und das silberne Glöckchen läutete gar lieblich. Der alte Mönch saß auf der Veranda, schaute aufs Meer, lauschte dem Läuten des silbernen Glöckchens und lächelte zufrieden.

In dem gleichen Städtchen lebte auch der Apotheker Mohej. Schon lange Zeit hatte er nichts als Pech, alles mißlang ihm, und er war so traurig, daß er sich nicht mehr zu helfen wußte. In seiner Not machte er sich eines Tages auf den Weg zu dem Mönch, um seinen Rat zu erfragen. Als er aber den Alten so zufrieden auf seiner Veranda sitzen sah und das beruhigende Läuten des silbernen Glöckchens hörte, wußte er mit einem Schlage, daß das Glöckchen auch ihn froher machen würde, wenn er so dasitzen und ihm zuhören könnte. Er überlegte nicht lange und bat den Mönch, ihm das Glöckchen wenigstens für einen einzigen Tag zu überlassen.

»Warum sollte ich es dir nicht leihen«, sagte der Mönch freundlich. »Doch vergiß nicht, es gleich morgen früh wiederzubringen, denn ohne das Glöckchen wäre ich sehr traurig.«

Mohej dankte ehrerbietig und versprach, am nächsten Tag wiederzukommen. Dann ging er nach Hause und hängte das Glöckchen über seiner Veranda auf. Es begann zu läuten, und Mohej wurde es so leicht ums Herz, und die Welt erschien ihm auf einmal so schön, daß er zu tanzen begann.

Am nächsten Tag war der Mönch schon vom Morgen an übel gelaunt. Immer wieder ging er vor den Tempel und schaute nach

dem Apotheker aus. Aber Mohej kam und kam nicht. So verging eine Stunde, eine zweite; und als der Apotheker zu Mittag noch immer nicht mit dem Glöckchen erschienen war, rief der Mönch seinen kleinen Schüler Taro und befahl ihm: »Lauf in die Stadt zu dem Apotheker Mohej. Er hat sich gestern mein silbernes Glöckchen geliehen und sollte es heute früh zurückbringen. Erinnere ihn daran und sage ihm, daß ich schon ungeduldig warte.«

Taro lief zu dem Apotheker, aber kaum war er in dessen Garten getreten, blieb er stehen. Er hörte das fröhliche Läuten des Glöckchens und sah den Apotheker, der mit fliegenden Ärmeln und Schößen im Garten herumtanzte. Taro wußte nicht gleich, wie er ihn ansprechen sollte. Da wurde ihm auf einmal so fröhlich ums Herz, daß auch er zu tanzen begann.

Eine Stunde verging, eine zweite – der Apotheker war immer noch nicht erschienen, und Taro kam auch nicht zurück. Der alte Mönch schüttelte den Kopf, und weil er immer trauriger wurde, rief er seinen zweiten Schüler, Dschiro, und befahl ihm: »Lauf zu dem Apotheker Mohej und sage ihm, er möge mir mein silbernes Glöckchen zurückgeben. Und solltest du unterwegs Taro begegnen, so richte ihm aus, er solle sich schämen, seinem Lehrer so schlecht zu gehorchen.«

Dschiro lief, so schnell er nur konnte. Als er zum Haus des Apothekers kam, hörte er fröhliches Geläut und sah zu seiner Verwunderung den Apotheker und Taro im Garten tanzen. Und ehe er sich noch entscheiden konnte, ob er zuerst Taro für sein Versäumnis rügen oder den Apotheker an die Rückgabe des Glöckchens mahnen sollte, drehte auch er sich im Kreise und vergaß die Welt.

Wieder war eine Stunde vergangen und bald auch die zweite. Die Sonne neigte sich schon dem Horizont zu. Aber weder der Apotheker noch einer der beiden Schüler ließen sich blicken. Der alte Mönch konnte sich das nicht erklären. Er wurde so traurig wie nie zuvor. Schließlich hielt er es nicht mehr aus. Er zog seine Sandalen an und machte sich selbst auf den Weg zum Hause des Apothekers.

Noch ehe er in den Garten trat, hörte er das zarte Läuten seines geliebten Glöckchens und fröhliches Lachen. Und bald darauf sah er, wie sich der Apotheker und seine beiden Schüler an den Händen hielten. Sie tanzten nach links und dann wieder nach rechts, und ein seliges Lächeln lag auf ihren Gesichtern.

Der Mönch schüttelte den Kopf und wußte nicht recht, wie er sich das erklären sollte. Aber er wunderte sich nicht lange. Auf einmal war alle Traurigkeit verflogen, die Füße begannen von allein zu hüpfen, der Mönch lächelte dem Apotheker zu, reichte die eine Hand Taro und die andere Dschiro, und dann tanzten sie alle vier.

Wie das weiterging? Ja, wenn wir das wissen wollen, müßten wir jemanden in den Garten des Apothekers schicken. Nur weiß ich nicht, ob er auch zurückkäme. Denn wenn er den lieblichen Klang des Glöckchens hört und die vier tanzen sieht, wird er alles vergessen und mittanzen. Und so müßten wir einen zweiten schicken und dann einen dritten, vierten …

Schließlich bliebe uns nichts anderes übrig, als selbst hinzugehen, und auch wir würden zu tanzen beginnen. Na, und das geht natürlich nicht, daß alle Menschen nur tanzen und tanzen. – Oder?

Japanisches Märchen

VI. Gott – Wunder – Weihnacht

Denn es ist erschienen die heilsame Gnade (Titus 2,11)

Die Nacht im Dom

»Wer klopft am Weihnachtsabend an die Domtür?« fragte sich Don Valentino. »Haben die Leute noch nicht genug gebetet? Was für eine Sucht hat sie ergriffen?« Mit diesen Worten ging er öffnen, und mit einem Windstoß trat ein zerlumpter Mann herein.

»Wieviel von Gott ist hier«, rief jener lächelnd aus und sah sich um: »Wieviel Schönheit! Man spürt es sogar von draußen. Hochwürden, könnten Sie mir nicht ein wenig davon abgeben? Denken Sie, es ist der Heilige Abend.«

»Das gehört Seiner Exzellenz, dem Erzbischof«, antwortete der Priester. »Er braucht es in wenigen Stunden.«

»Und auch nicht ein kleines bißchen könnten Sie mir geben, Hochwürden? Es ist soviel davon da! Seine Exzellenz würde es gar nicht einmal merken!«

»Nein, habe ich gesagt ... du kannst gehen ... der Dom ist für die Allgemeinheit geschlossen« – und Don Valentino geleitete den Armen mit einem Fünf-Lire-Schein hinaus. Aber als der Unglückliche aus der Kirche hinausging, verschwand im gleichen Augenblick auch Gott. Bestürzt schaute sich Don Valentino um und forschte in den dunklen Gewölben: Nein, selbst da oben war Gott nicht mehr. Und in ein paar Stunden sollte der Erzbischof kommen. In höchster Erregung öffnete Don Valentino eine der äußeren Pforten und blickte auf den Platz. Nichts. Auch draußen keine Spur von Gott, wiewohl es Weihnachten war. Aus den tausend erleuchteten Fenstern kam das Echo von Gelächter, zerbrochenen Gläsern, Musik und sogar von Flüchen. Keine Glocken, keine Lieder. Don Valentino ging in die Nacht hinaus, schritt durch die unheiligen Straßen. Er wußte die rechte Anschrift. Als er in das Haus trat, setzte sich die befreundete Familie gerade zu Tisch. Alle sahen einander wohlwollend an, und um sie herum war ein wenig von Gott.

»Frohe Weihnachten, Hochwürden«, sagte der Vater. »Wollen Sie nicht unser Gast sein?«

»Ich habe Eile, ihr Freunde«, antwortete Don Valentino. »Durch eine Unachtsamkeit meinerseits hat Gott den Dom verlassen, und Seine Exzellenz kommt gleich zum Gebet. Könnt ihr mir nicht euern Herrgott geben? Ihr seid ja in Gesellschaft und braucht ihn nicht so unbedingt.«

»Mein lieber Don Valentino«, sagte der Vater. »Sie vergessen, daß heute Weihnachten ist. Gerade heute sollten meine Kinder ohne Gott auskommen? Ich wundere mich, Don Valentino.«

Und in dem gleichen Augenblick, in dem der Mann so sprach, schlüpfte Gott aus dem Hause. Das freundliche Lächeln erlosch; und der Truthahnbraten war wie Sand zwischen den Zähnen.

Und wieder hinaus in die Nacht und durch die verlassenen Straßen. Don Valentino lief und lief und erblickte Gott schließlich von neuem. Er war bis an die Tore der Stadt gekommen, und vor ihm breitete sich, licht im Schneegewande schimmernd, das weite Land. Über den Wiesen und den Zeilen der Maulbeerbäume schwebte Gott, als wartete er. Don Valentino sank in die Knie.

»Aber was machen Sie, Hochwürden?« fragte ihn ein Bauer. »Wollen Sie sich in dieser Kälte eine Krankheit holen?«

»Schau da unten, mein Sohn! Siehst du nicht?«

Der Bauer blickte ohne Erstaunen dahin. »Das ist unser Gott«, sagte er. »Jede Weihnacht kommt er, um unsere Felder zu segnen.«

»Höre«, sagte der Priester, »könntest du mir nicht ein wenig davon geben? Wir sind in der Stadt ohne Gott geblieben, sogar die Kirchen sind leer. Gib mir ein wenig davon ab, damit wenigstens der Erzbischof ein anständiges Weihnachten feiern kann.«

»Fällt mir nicht im Traume ein, Hochwürden! Wer weiß, was ihr für ekelhafte Sünde in der Stadt begangen habt. Das ist eure Schuld. Seht allein zu!« – »Gewiß, es ist gesündigt worden. Und wer sündigt nicht? Aber du kannst viele Seelen retten, mein Sohn, wenn du mir nur ja sagst.«

»Ich habe genug mit der Rettung meiner eigenen Seele zu tun!« sagte der Bauer mit höhnischem Lachen; und im gleichen Augenblick hob sich Gott von den Feldern und verschwand im Dunkel. Und Don Valentino ging weiter und suchte. Gott schien seltener zu werden, und wer ein bißchen davon besaß, wollte nichts hergeben (aber im gleichen Augenblick, da ein solcher Mensch mit Nein antwortete, verschwand Gott und entfernte sich immer weiter).

Endlich stand Don Valentino am Rande einer grenzenlosen Heide; und in der Ferne am Horizont leuchtete Gott sanft wie eine längliche Wolke. Der Priester warf sich in den Schnee auf die Knie.

»Warte auf mich, o Herr!« bat er. »Durch meine Schuld ist der Erzbischof heute allein geblieben.« Seine Füße waren zu Eis erstarrt, er lief im Schnee weiter und sank bis ans Knie ein; und alle Augenblicke fiel er der Länge nach hin. Wie lange konnte er es noch aushalten? Endlich vernahm er einen großen, leidenschaftlichen Chor von Engelstimmen; ein Lichtstrahl brach durch den Nebel. Er öffnete ein hölzernes Türchen, es war eine riesige Kirche, und in ihrer Mitte betete ein Priester zwischen einigen Lichtern. Und die Kirche war voll des Paradieses. »Bruder«, seufzte Don Valentino, am Ende seiner Kräfte und mit Eisnadeln bedeckt, »habe Mitleid mit mir. Mein Erzbischof ist durch meine Schuld allein geblieben und braucht Gott. Gib mir ein bißchen von ihm, ich bitte dich.«

Langsam wandte sich der Betende um. Und Don Valentino wurde, als er ihn erkannte, fast noch bleicher, als er ohnedies war. »Ein gesegnetes Weihnachten dir, Don Valentino«, rief der Erzbischof aus und kam ihm entgegen, ganz von Gott umgeben. »Aber Junge, wo bist du nur hingelaufen? Was hast du um Himmels willen in dieser bärenkalten Nacht draußen gesucht?«

Dino Buzzati

VII. Anhang

Dietrich Steinwede

Inhaltsbeschreibungen

Das Karussell von Cesenatico – Gianni Rodari *(Seite 13)*

Ein unscheinbares, abgenutztes Karussell mit Holzpferdchen und Jeeps, das zum Klang einer Cha-Cha-Cha-Platte von einem dunklen mageren Männchen gedreht wird, lenkt die Aufmerksamkeit eines alten Herrn auf sich: »Warum werden nur die Kinder so magisch davon angezogen?«

Er probiert selbst, besteigt ein Holzpferdchen – und sieht sich urplötzlich in den Himmel erhoben. Über Italien, die Erdkugel hinweg geht die Reise in den Weltraum, alle Kinder auf ihren Pferdchen, in ihren Jeeps, wie kleine Satelliten gleich dem Alten ruhig ihre Bahn ziehend.

Die Cha-Cha-Cha-Platte geht ihrem Ende zu. Sie kehren zurück …

»Ein Hexenmeister, dieses Männchen da, ein verzaubertes Karussell?« Der Alte ist ausgestiegen. Es reißt ihn hin und her: »Oder werden sie mich auslachen, wenn ich davon erzähle? – Karussellfahren im Alter ist gefährlich. Es macht schwindlig.«

Das Ganze: eine fröhliche Kindergeschichte!

Der Musikant in der Luft – Janosch *(Seite 16)*

Ein Musikmärchen: Fiedelnd hebt sich der alte Musikant in die Lüfte, fliegt weg, nach hinten in den blauen Himmel.

Das vermag die Musik, daß wir uns über den Alltag erheben können. Solches erfährt in der Wilmerstraße Nummer fünf der junge Josel Knopp, barfuß laufend, phantasievoll, immer mit reichen Erlebnissen beschenkt. Alles an einem verzauberten Frühlingstag, Spinnweben in der Luft: Der alte, unrasierte, zerlumpte Mann ist in den Hof gekommen, spielt ganz leise auf seiner Geige – Geheimnismelodie –, spielt schneller und schneller und hebt, mehr und mehr sich steigernd, vom Erdboden ab, geigt und geigt … und entschwebt.

Nachrichten – Marie Luise Kaschnitz *(Seite 19)*

Ein kleines Sprachstück der großen Erzählerin, das, journalistisch als ›Nachricht‹ ausgegeben, mit einer nonchalanten Selbstverständlichkeit den Alltag durchbrochen sein läßt: Obwohl man ihnen fürsorglich die Fensterläden vernagelt bzw. Maschendraht über ihre Fensteröffnungen gespannt hat, steigen alte Leute in Rom Nacht für Nacht aus den Fenstern, gehen in der Luft die Straße hinunter, führen mit jenen, die so spät noch auf den Dachterrassen sich aufhalten, kleine Gespräche …

Von den fliegenden Sklaven – Märchen aus Nordamerika *(Seite 20)*

Mitleidlos läßt der weiße Plantagenbesitzer im Süden der Staaten die schwarzen Sklaven zu pausenloser Arbeit zwingen. Qualvoll ist deren Dasein. Wer auch immer vor Erschöpfung zusammenzubrechen droht, ohne Gnade wird er an die Arbeit zurückgeprügelt.

Eine schwangere Frau blickt einen weißhaarigen Greis an, einmal, zweimal, dreimal. Der Alte nickt ihr zu, lächelt. Da geschieht es: Von der glühendheißen Erde hebt die Frau sich empor, fliegt, fliegt mit ihrem Kind am Leib, fliegt höher und höher, fliegt wie ein Vogel …

Und schon können es andere. Der Alte flüstert ein paar Worte. Da vermag es jeder der Gepeinigten, aufzusteigen, zu fliegen, frei zu werden von aller Bedrückung.

»Wenn der Herr die Gefangenen Zions erlösen wird, dann werden wir sein wie die Träumenden (Psalm 126,1), wie träumend Davonfliegende.

Weiße Frau – Märchen des Schwarzen Amerika *(Seite 24)*

Abstürzen in den Abgrund: In Atlanta (Georgia; Südstaaten von Nordamerika) hat sich ein schwarzer Selbstmörder vom Wolkenkratzer geworfen. Er fällt, wirbelt, fällt – da sieht er plötzlich unten eine weiße Frau um die Ecke biegen. Er würde auf sie fallen, sie zerschmettern. – Nein, das darf er nicht, sich auf eine weiße Frau stürzen … Er wendet sich, fliegt wieder aufwärts.

Tief sarkastisch, anklagend, dies absurde kleine Märchen.

Der Maler Tuo-lan-ka – Märchen der Tai *(Seite 25)*

Die schönsten Bilder behält er im Himmel, der Maler Tuo-lan-ka, der auf Erden einer der größten seiner Zunft war, besessen alles bemalend, was ihm unter die Hände kam, Holz, Papier, Seide.

Sein Thema: das menschliche Antlitz. Jeden Tag auf Erden malte er sieben Gesichter, je und je neu hingerissen von der vielfältigen Schönheit des Menschen in seinem Antlitz. Den Tod wehrte er ab – Eile mit Weile –, seine Kunst ließ ihn nicht los. Dann aber mußte er doch dem Gesetz des Himmels folgen: Er starb.

Mit Malwerkzeug und Skizzen trat er nun vor den Kaiser des

Himmels – und schon hatte er einen neuen Auftrag: Hauchte der Geist des Lebens einem neugeschaffenen Menschen die Seele ein, so malte der himmlische Maler Tuo-lan-ka von jetzt ab diesem Menschen ein Gesicht, je und je anders, je und je neu.

Und so in Zeit und Ewigkeit: Tuo-lan-ka malt und malt. Doch die schönsten Bilder gibt er nicht heraus.

Er behält sie im Himmel.

Malen und Zauber, Zauber des Gesichtes, Zauber des Märchens: »Es ist verwandelt die Herrlichkeit des unvergänglichen Gottes in ein Bild gleich einem vergänglichen Menschen« (Römer 1,23).

Das Brokatbild – Märchen der Dschuang *(Seite 28)*

»Nun aber spiegelt sich bei uns allen die Herrlichkeit des Herrn in unserm aufgedeckten Antlitz, und wir werden verklärt in sein Bild von einer Herrlichkeit zur andern« (2. Korinther 3,18).

Darum geht es in diesem Märchen aus Asien, um Phantasie und Wirklichkeit, um die Verklärung des Menschen in ein Bild.

Die webende Mutter dreier Söhne – nur der jüngste taugt etwas – findet auf dem Markt der Stadt ein alles veränderndes, die armselige Umwelt verklärendes Rollbild. Fasziniert kauft die Frau – und sie achtet ihrer Armut dabei nicht – das Bild, webt es in Brokat nach, ein, zwei, drei Jahre lang …

Fertig ist das Gewebe. Unverkäuflich ist es. Da geht es verloren. Der Wind hat es genommen, niemand weiß, wohin.

Wer bringt das Bildwerk zurück?

Den beiden älteren Söhnen gelingt es nicht. Nur der jüngste vermag alle Abenteuer erfolgversprechend zu bestehen. Zu den Feen kommt er. Sie hatten sich das Bild ausgeliehen, eigenen Brokat danach zu weben. Eine junge Fee in weinrotem Kleid verliebt sich in den Jüngling. Heimlich stickt sie ihr eigenes Antlitz in das Brokatgewebe hinein.

Der Sohn kehrt mit dem Bildteppich zurück. Niemand vermag

das Wunder zu fassen. Voll tiefer Freude ist die Mutter. Da wird plötzlich alles Wirklichkeit: Die junge Fee steht leibhaftig am Ufer des Sees!

»Willst du meine Frau werden?« fragt der junge Mann. »Ja«, antwortet sie.

Wunder im Alltag, nicht mirakelhaft. Die Beständigkeit der Mutter, die aufopfernde Liebe des jungen Mannes, das Entflammtsein der feenhaft schönen jungen Frau, das ist hier wunderbar.

»Da stand ein Bild vor meinen Augen ... Es war eine Stille, und ich hörte eine Stimme (Hiob 4,16).

Vom Büffel, der nur ein Horn hatte – Märchen der Uiguren

(Seite 38)

Ein elternloser, einsamer Junge im Gebirge, der selbstangebauten Reis auf dem Markt verkauft, erwirbt für den Erlös ein Stück schwarzer Zeichenkohle. Damit zeichnet er einen Büffel, der nur ein Horn hat. Der springt aus dem Bild, wird dem Jungen zum liebsten Gefährten. Kaiserliche Soldaten aber entführen das Tier. Nur die Knochen erhält der Junge aus dem Palast zurück. Er begräbt sie. Ein himmlischer Baum wächst auf.

An diesem Baum in den Himmel kletternd, erblickt der Junge wunderschöne Feen. Eine davon möchte er zur Frau. Zur Erde zurückgekehrt, zeichnet er ihr Antlitz. Sie springt aus dem Bild. Er gewinnt sie. Doch auch sie wird von kaiserlichen Soldaten entführt. Da zeichnet der Junge einen geflügelten Tiger. Fauchend dringt der in den Palast ein, vermag die Fee zu befreien. Von da ab nimmt das Glück kein Ende ...

Gezeichnete Bilder werden Wirklichkeit – eine wundersamtiefdimensionale Vorstellung.

Die Quelle im Pfirsichblütenwald – Chinesisches Märchen *(Seite 43)*

Ein weithin ausgedehntes Land, ganz anders, ganz neu, liegt plötzlich vor dem Fischer aus Wu-ling, der einen Fluß – er vergaß, ob weit, ob nah – hinaufgefahren und bei quellendem Wasser in einem Gang durch einen Berg hindurchgegangen ist.

Friedlich und froh leben hier die Menschen; sie staunen über den Fischer, befragen ihn, laden ihn ein zu Huhn und Wein. »Einst, in unruhiger Zeit«, sagen sie, »einst sind unsere Eltern ausgezogen. Seitdem leben wir hier im Pfirsichblütenwald, ganz abgeschlossen.«

Der Fischer erzählt aus seiner Welt. Nach vielen Tagen nimmt er Abschied. Wieder daheim, gibt er den Behörden Bericht. Man sendet Boten aus mit genauer Wegbeschreibung. Jedoch: Niemand vermag jenes Land wiederzufinden.

Land der Phantasie, der Hoffnung: »Ich brachte euch in ein gutes Land« (Jeremia 2,7). »Das Land wird sein voll Erkenntnis des Herrn« (Jesaja 11,9). Es ist »vor ihm wie der Garten Eden« (Joel 2,3).

Raumverschiebung: »Du stellst meine Füße auf weiten Raum« (Psalm 31,9).

Poetisch-rhythmisch ist die Sprache dieses Märchens.

Zweierlei Leben – Märchen aus Südamerika *(Seite 45)*

Ein fremdartiger Reiter auf feurigem Pferd bringt einem Estanziero Nachricht, daß eine Bande von Strauchdieben die Gegend unsicher mache. Der Estanziero schickt seinen Sohn Pedro zur Verfolgung aus. Das Gros der Banditen wird gestellt; Pedro verfolgt einen Flüchtigen über den Fluß.

Da wandelt sich alles: Pedro findet sich plötzlich in unbekannter Umgebung. Erkundigungen nach dem Heimweg erweisen sich als schwierig. Niemand kennt seinen Heimatort, geschweige denn den Weg dorthin.

Pedro trifft den unbekannten Reiter wieder, wird in dessen Haus aufgenommen, verliebt sich in die Tochter, bleibt, will zwar nach Tagen wieder heim, läßt sich dann aber auf Heirat ein, auf ein Wohnen im schönen Palast. Kinder werden geboren, großgezogen. Zufrieden ist Pedro und, nach Jahren, Großvater.

Da hält es ihn nicht länger, er macht sich auf den Rückweg, kommt über den Fluß zum Haus des Vaters – findet die Seinen nur um einen einzigen Tag gealtert!

Überraschung, Schrecken, Zeitverschiebung: »Es ist noch eine andere Zeit vorhanden« (Daniel 11,35)! An zwei unterschiedlichen Orten wird Zeit mit zweierlei Maß gemessen. Meist bei den Märchen zu diesem Thema aber so, daß hier ein kurzer Weg beschritten wird, während dort Äonen vergingen (vgl. z. B. »Die Erde nimmt sich das Ihre« in GTB 881). In unserem Märchen ist alles umgekehrt: Die Spanne eines Lebens hier schrumpft dort auf einen Tag.

»Er ändert Zeit und Stunde« (Daniel 2,21).

Warum die Schlüsselblume keine Schätze mehr erschließt – Deutsches Märchen *(Seite 49)*

Die Schlüssel-Blume, eine Blume, die Schlüssel sein kann zu vielem: Damals, als es auf der Welt noch Feen gab (als die Kräfte des Geheimnisvollen noch regierten), da besaß die Schlüssel-Blume Zauberkraft. »Wer sie im richtigen Augenblick pflückte, dem brachte sie Glück.«

Ein Schäfer hat dies Glück: Er pflückt eine große schöne Schlüsselblume, steckt sie an seinen Hut – sie verwandelt sich in einen Schlüssel aus purem Gold. Mit diesem Schlüssel vermag der Glückspilz sich in einer überreichen Schatzhöhle alle Schätze der Erde zu erschließen. Zurückkehrend aber läßt er den goldenen Schlüssel zurück, vergißt ihn einfach ...

Aus der Traum! Ein kleiner Fehler – und all das Wunderbare ist verspielt. Dahin die paradiesische Welt des Schönen ...

Man kann etwas verspielen. Man kann das Entscheidende verspielen. Wie von ungefähr. Gar nicht in böser Absicht.

Lehre dieses kleinen intensiven Märchens: »Gib acht, daß du das Beste nicht vergißt!«

Die Träume und das Stück Brot – Traumgeschichte der Sufimeister *(Seite 51)*

In seiner Nüchternheit ein schöner Gegentext zu aller Traumverfangenheit: Wir werden zurückgeholt in die Alltagsrealität. Überlistet werden alle Träumenden (alle ›Träumer‹):

Drei Männer unternehmen eine anstrengende Reise. Eines Tages stellen sie fest: Nur noch *ein* Stück Brot, nur noch *einen* Schluck Wasser in der Feldflasche besitzen wir.

Wer soll das Ganze verzehren? Das ist die plötzliche Frage.

Ratschlag, Beschluß, Antwort: Der, der den bemerkenswertesten Traum hatte.

Sie legen sich schlafen. Sie stehen auf. Die beiden ersten hatten bemerkenswerte Träume. Überzeugend vermögen sie daraus abzuleiten, daß ihnen der Verzehr gebühre.

Der dritte hat nichts geträumt. Nur etwas Zwingendes hat er gespürt, das ihn trieb, unverzüglich aufzustehen und Brot und Wasser zu sich zu nehmen.

Die Sufis, mystisch geprägte arabische Weisheitslehrer auf der Suche nach der letzten Wahrheit, vertreten die Überzeugung, daß die »unsichtbare Welt zu jeder Zeit und an verschiedenen Orten die gewöhnliche Welt wechselseitig durchdringt« (Idries Shah). Ähnlich C. G. Jung: »Wenn man versteht und fühlt, daß man schon in diesem Leben ans Grenzenlose angeschlossen ist, ändern sich Wünsche und Einstellung. Letzten Endes gilt man nur wegen des Wesentlichen, und wenn man das nicht hat, ist das Leben vertan.«

In unserer Erzählung allerdings handelt es sich um einen ganz handfesten Realismus.

Der Student und der Kranich – Chinesisches Volksmärchen *(Seite 52)*

Vielfache Hilfe wird einem armen Studenten – Dichter und Maler ist er – durch einen barmherzigen Gastwirt zuteil. Zum Dank malt der junge Mann eines Tages auf die Wand der Schenke einen Kranich, der wundersame Eigenschaften entwikkelt. Er hat die Gabe, auf dreimaliges Händeklatschen hin zur Erde niederzuschweben und mit weichen Bewegungen so sonderbar zu tanzen, daß es allen Zuschauern den Atem verschlägt. Dies allerdings – absolute Bedingung – geht nur einmal am Tag.

Für den Wirt brechen goldene Zeiten an. Viele kommen, den geheimnisvollen Tanz des Kranichs zu sehen. Viele zahlen gute Zeche. Doch als der Wirt für einen hartherzigen Reichen – ohnmächtig gegen dessen Willen – den Kranich eines Tages *zweimal* tanzen läßt, ist alles vorbei. Student und Kranich sind verschwunden. Hartherziger Egoismus hat den Zauber zerstört. Voller Trauer ist all das Schöne des Lebens gewichen.

Das Glück hat seine Bedingungen. »Kranich und Schwalbe wissen ihre Zeit« (Jeremia 8,7). Es gibt ein ›zu spät‹. »Meine Flöte ist ein Weinen geworden« (Hiob 30,31).

Ein vieldimensionales Märchen, zart wie eine chinesische Tuschzeichnung.

Ein neues Gesicht – Bertolt Brecht *(Seite 54)*

Zutiefst erschreckend kann der plötzliche Einbruch des ganz anderen sein: Ein höchst geachteter, höchst finanzkräftiger Kaufmann – er vermag buchstäblich alles zu kaufen, die Arbeitskraft, das Gehirn, ja die Zeit seiner Mitmenschen – hat einen Geschäftstermin anberaumt. Es geht wie immer um Kauf / Verkauf, um Gewinn. Es geht darum, die eingeladenen Geschäftsfreunde zu betrügen.

Plötzlich erbleichen die Partner, weichen zurück, gehen hinaus – ohne jede Entschuldigung.

Zu Hause im Spiegel erst entdeckt der Kaufmann, was geschah: Er hat ein neues Gesicht bekommen, das Gesicht eines Tigers …

Ein surrealistisches Märchen. Bert Brecht übt scharfe Kritik am Geschäftsgebaren des Kapitalismus.

Das Land ohne Ecken – Gianni Rodari *(Seite 56)*

Traumland, dies Land ohne Ecken und Spitzen, weder an Rosen noch an Bleistiften, weder an Säbeln oder Nägeln. Giovannino Tagdieb ist hineingeraten, macht die Entdeckung, daß bei Übertretung der Landesgesetze – verkehrte Welt – der Delinquent die Justiz zu strafen hat. Des Rosendiebstahls bezichtigt, soll er einem Schutzmann zwei Ohrfeigen geben.

»Das ist ja entsetzlich.«

Die Antwort des Gesetzeshüters offenbart den geheimen Sinn dieser Gesetzgebung: »Sicher, das ist so abscheulich, daß die Leute sich schwer hüten, etwas Verbotenes anzustellen, um ja nicht einen armen Unschuldigen ins Gesicht schlagen zu müssen.« Indes: Einen Haken hat diese Friedensübung: Sie ist *auch* Gesetz. Als Giovannino Tagdieb es nicht fertigbringt, die zwei Ohrfeigen zu verabreichen, wird er des Landes verwiesen.

Heiter-hintergründig dieses Märchen der Gegenwart.

Wenn dir jemand Unrecht tut, so die Lehre, gib dich ihm preis. Handle gänzlich anders, als es unter den Normen der Welt erwartet wird. Biblisch: Nicht ›Auge um Auge, Zahn um Zahn‹, sondern »Wenn dich einer auf die rechte Backe schlägt, dann halte ihm auch die linke hin. Wenn jemand mit dir um dein Hemd prozessieren will, dann gib ihm noch die Jacke dazu. Und wenn dich einer zwingt, ein Stück weit mit ihm zu gehen, dann geh doppelt so weit mit ihm« (Matthäus 5,38–41).

Menasehs Traum – Isaac Bashevis Singer *(Seite 58)*

Im Walde eingeschlafen, gerät der zwölfjährige hungrige, immer wißbegierige und fragende jüdische Waisenknabe Menaseh in ein wunderschönes Schloß – die Welt der Toten seiner Familie, ein Ort, wo nichts verloren ist. Hier darf er, geführt von seinem Großvater Tobias, wie schwebend durch sieben Zimmer gehen: ein Zimmer mit seinen Kinderkleidern, eins mit seinem Kinderspielzeug, das dritte voller nichtplatzender Seifenblasen (aus seiner liebsten Pfeife von einst), das vierte voll der Lieder und Gespräche seiner Kindheit, das fünfte bevölkert mit den Gestalten aller Geschichten seiner Kindheit, das sechste voll seiner Träume, das siebte voll fremder Menschen, darunter ein Mädchen mit goldblonden Zöpfen.

»Das ist das Zimmer deiner Zukunft«, heißt es.

Schaudernd erwacht Menaseh. Es ist Nacht. Ein Mädchen beugt sich über ihn. Sie hat lange goldblonde Zöpfe.

Nie zuvor hatte der Mond so hell geschienen …

»Eure Alten sollen Gesichte sehen, und eure Jungen sollen Träume haben« (Joel 3,1). Eine eschatologisch-traumhafte Märchenerzählung aus der jüdischen Geistes- und Glaubenswelt.

Das Glöckchen – Japanisches Märchen *(Seite 65)*

Ein zauberhaftes silbernes Glöckchen vermag jedem, der seinem lieblichen Läuten lauscht, Zufriedenheit, Leichtigkeit des Lebens, am Tanz, ja Lust an der Welt und höchstes Glück zu schenken. Das erfährt ein alter Mönch, der das Glöckchen an einem breiten Streifen Papier, auf dem ein wunderschönes Gedicht geschrieben steht, aufgehängt hat. Das erfährt ein vom Pech verfolgter Apotheker, der sich das Glöckchen von dem Mönch leiht. Das erfahren die Schüler des Mönches, die ausgeschickt werden, das Glöckchen zurückzuholen.

Seliges Glück – Glückseligkeit. Traumland, dies Land, da ein silbernes Glöckchen alle Menschen frei, selig, tanzen macht.

»Lachen hat seine Zeit, tanzen hat seine Zeit« (Prediger 3,4). »Das Haus war erfüllt von der Herrlichkeit des Herrn« (Hesekiel 44,4). Ein eschatologisches Märchen.

Die Nacht im Dom – Dino Buzzati *(Seite 69)*

Seltsam auf Gott hin bezogen ist alles: Als der Priester Don Valentino in der Weihnachtsnacht einen an die Domtür klopfenden zerlumpten Mann wieder in die eisige Winternacht hinausschickt, verschwindet im gleichen Augenblick auch Gott aus dem Dom. Don Valentino bemerkt es und macht sich bestürzt auf die Suche. Er klopft bei befreundeten Menschen an, sucht Gott in der nächtlichen Stadt, dann draußen im Winterschnee vor den Mauern. Ein schwebend-wartender Gott erscheint ihm (scheint ihm auf) – einmal, mehrmals –, aber immer wieder ist er ganz schnell verschwunden. Grund: Die Menschen, denen Don Valentino begegnet, lassen Eigensucht regieren, äußern sich sarkastisch, ermangeln barmherzigen Mitgefühls.

Der Weg des Suchens wird Don Valentino zum Weg eigener Askese in Eis und Schnee, zum Weg des Bekennens eigener Schuld – da ist er plötzlich wieder im Dom.

Und jetzt ist auf einmal alles verändert: Das Gotteshaus ist »voll des Paradieses«.

»Wieviel Gott ist hier?« lautet die Leitfrage dieses ebenso verhalten wie hintergründig erzählten Märchens, das an der oft gerade zu Weihnachten gezeigten Herzlosigkeit Kritik übt. Traumhaft alles: Gott verschwindet, wo Menschen keine Liebe zueinander haben können.

Wolfgang Longardt

Spiel- und Gestaltungsvorschläge

Zur vertiefenden Auseinandersetzung mit den Märchen dieses Bandes werden wieder eine Reihe von Spielvorschlägen gemacht, die auf sehr unterschiedliche Weise von Kindergruppen aufgenommen werden können. Im Gegensatz zu den bisherigen Bänden der Reihe wird diesmal davon ausgegangen, daß das Märchenbändchen Kindern auch in die Hand gegeben wird. Alle Spielvorschläge »reden darum die Kinder an«. U. a. geht es um Anleitungen, aus dem Märchen ein Hörspiel zu gestalten, eine Erzählpantomime, ein Schattenspiel, ein Singspiel oder ein Fadenbild mit veränderbaren Figuren. Immer wird dabei im phantasievollen Umkreisen der Märchenbilder ein Eindringen in die Tiefenschichten und Symbole der Texte möglich.

Spielvorschlag zu Seite 49

Zum Märchen »*Warum die Schlüsselblume keine Schätze mehr erschließt*« läßt sich leicht ein schönes Scherenschnittspiel auf einem Tageslichtprojektor machen. Von der Schule oder aus der Kirchengemeinde kennt ihr gewiß Tageslichtprojektoren: Was man an Papier darauflegt, erscheint im Projektionslicht an der Wand als scharfer Schatten. Hält man zunächst ein Blatt Papier vor den Lichtspiegel und zieht dann das Blatt sehr langsam beiseite, so sieht es aus, als ginge im Theater der Vorhang auf. Probiert das einmal!

Zunächst ist es natürlich wichtig, das Märchen noch einige Male genau zu lesen oder zu hören. Ein paar Scheren, Bleistifte (zum Vorzeichnen) und Papier sind rasch besorgt. Es kann losgehen ...

Eine schöne Schlüsselblume ist das Wichtigste. Einer von euch kann bestimmt eine schöne Blume vorzeichnen, die man dann ausschneidet. Am besten ist es für ein Schattenspiel mit Scherenschnitten, alles von der Seite gesehen darzustellen. Neben der Blume braucht ihr den Schäfer und eine Fee. Achtet darauf, daß beide nicht zu groß werden; denn sie sollen auf der Glasfläche des Tageslichtprojektors auch Platz zum Hin- und Hergehen haben. Auch die Berggrotte solltet ihr von der Seite gesehen entwerfen; die Felsentür kann man einfach einknicken, so daß sie sich später öffnen läßt. Den Schlüssel solltet ihr nicht zu klein vorzeichnen und ausschneiden, aber er muß immerhin noch in den Hut des Schäfers passen.

Bereitet ihr das Scherenschnittschattenspiel zu mehreren vor, so haben einige vielleicht auch Lust, die kleine Herde (im Hintergrund) aufzumalen und auszuschneiden.

Zum Spielen noch ein Tip: Wenn die Fee entschwindet und nicht mehr zu sehen sein soll, könnt ihr einfach das Gerät »unscharf« stellen, dazu ist an der Seite oder oben neben dem Spiegel ein Drehknopf. So kann die Fee auch *erscheinen:* Ihr beginnt dann mit einem sehr unscharfen, wolkigen Bild und dreht es langsam scharf, bis die Fee vor dem Schäfer steht, »... wie vom Winde hergeweht«.

Vielleicht spielt einer von euch auch etwas Gitarre: Mit ein paar weichen Akkorden könnt ihr die Szenen beim langsamen Aufleuchten oder Verdämmern der Märchenszene begleiten; dann macht euch das Ganze doppelt Freude.

Spielvorschlag zu Seite 51

Könnt ihr euch vorstellen, daß aus dem Märchen *»Die Träume und das Stück Brot«* leicht ein Stegreifhörspiel werden kann? Bestimmt gelingt euch das, vorausgesetzt, ihr habt ein Kassettengerät mit eingebautem, automatischem Mikrophon zur Verfügung. Aber fast alle kleinen Kassettenrecorder sind heute so ausgerüstet. Dann fehlt euch nur noch eine Leerkassette, und schon kann es mit dem Stegreifhörspiel beginnen.

Gut ist es, das Märchen noch einmal genau zu lesen. Dann wählt ihr vielleicht einen »Ansager« wie im Radio. Er spricht die lieben »Hörerinnen und Hörer« an, nennt den Titel des Stückes und alle Mitwirkenden. Zu Beginn könnte man die Schrittgeräusche der drei wandernden Gefährten hören. Dann unterhalten sie sich über die nun knapp gewordenen Proviantmengen: Es steht nur noch ein Stück Brot und ein Schluck Wasser in der Feldflasche zur Verfügung. Sie streiten sich darüber. Sie versuchen Möglichkeiten der Teilung.

Dann legen sie sich schlafen, aber sie verabreden sich, am andern Morgen einander ihre Träume zu erzählen, der, welcher den bemerkenswertesten Traum gehabt hatte, sollte entscheiden, »was zu tun sei«. So endet Szene eins. Nun solltet ihr überlegen, wie man Abend und Nacht bzw. dann die Morgendämmerung darstellen kann: vielleicht mit Vögeln des Waldes (vom Uhu bis zum Kukkuck) oder mit Schlägen einer nahen Kirchturmuhr? Das Schnarchgeräusch der Schlafenden ist gewiß nicht das alleinige Darstellungsmittel, zu dem ihr euch entschließt.

Am Morgen (Szene 2) erzählen die drei einander ihre Träume, wie verabredet. Der dritte Gefährte allerdings berichtet Überraschendes. Was fällt euch zum Ausklang ein? Wie reagieren die anderen? Sind sie sprachlos, und der dritte Gefährte geht lachend davon? Vergeßt auch nicht, daß im Radio am Ende eines Hörspiels immer noch einmal Titel und Mitwirkende vom Sprecher genannt werden.

Und noch ein Tip: Macht euch keine Notizen, schreibt nichts auf! Alles wirkt viel lebendiger, wenn ihr wirklich »aus dem Moment«, aus dem Stegreif heraus eure Sätze sagt. Viel Spaß!

Spielvorschlag zu Seite 52

Ihr könnt zum Märchen »*Der Student und der Kranich*« ein Wollfadenbildspiel machen. Dazu braucht ihr nichts weiter als einige möglichst einfarbige Teppichfliesen und viele bunte Wollfäden, Reste aus Mutters oder Großmutters Strickvorrat.

Wenn ihr das Märchen noch einmal in Ruhe bedenkt, dann treten allerlei Bilder vor eure Augen, fröhliche und bedrückende. Legt ihr Fadenbilder aus Wollresten auf Teppichfliesen, so könnt ihr diese Bilder durch leichtes Verschieben der Fäden immer wieder verändern, und ihr könnt die Fliesen mit den Fadenbildern bewegen, kommen und gehen lassen, gewiß auch in unterschiedlicher Art tanzend hin und her schieben.

Vielleicht teilt ihr euch die Bilder und Personen, die ihr legen wollt, etwas auf. Zuerst ist bestimmt der arme Student auf einer Teppichfliese allein darzustellen. Schiebt man seine fertig gelegte Fadenfigur hin und her, so kann er kommen und gehen. Am Schluß des Märchens könnt ihr ihm noch eine Flöte mit ein paar zusätzlichen Fäden in die Hände legen.

Auf einer zweiten Teppichfliese ist vielleicht etwas von der Gastwirtschaft zu sehen. Der arme Student (ob ihr seine Kleidung in immer gleicher Wollfarbe legt?) sitzt an einem Tisch; der gutherzige Gastwirt gibt ihm etwas zu essen. Eines Abends malt der Student etwas an die Wand: einen Kranich. Das stellt das Bild auf eurer dritten Fliese dar. Nun könnt ihr auf eine vierte Fliese einen großen tanzenden Kranich allein legen. Bewegt ihr diese Fliese nach dreimaligem Händeklatschen hin und her, so ist das seine Art zu tanzen. Dies ist das Abschiedsgeschenk und gleichzeitig die Dankesgabe des armen Studenten an den Wirt. Doch der erfährt auch die Regel: Nur einmal am Tag steigt der Kranich von der Wand zum Tanzen. Da kommt eines Tages ein Reicher in die Gastwirtschaft. Vielleicht stellt ihr ihn an einem Tisch mit vielen Speisen und mit großem, dickem Geldbeutel dar. Er glaubt, alles könne man mit Geld haben. Natürlich will er den Kranich tanzen sehen. Der Wirt klatscht dreimal in die Hände, und auf eurer Fliese mit dem großen Kranich (die ihr hin und her schiebt auf dem Fußboden) erlebt der reiche Mann den Tanz, während er sitzt und speist. Nun will er dies ein zweites Mal. Der Wirt – entweder habt ihr ihn inzwischen auch allein auf eine Fliese gelegt, oder ihr benutzt die zweite Fliese, auf der er an einem Tisch steht, aber den Studenten habt ihr von diesem Fadenbild rasch abgenommen – läßt sich überreden, denn der reiche Mann zahlt viel. Nun könnt ihr schnell den Kopf des großen Kranichs etwas nach unten biegen, die Fäden zurechtschieben und sehr langsam wie zu einem Trauertanz die Fliese hin und her schieben.

Dann ist wohl wieder die erste Fliese mit dem gehenden, armen Studenten an der Reihe. Legt ihm eine Flöte an den Mund und in die Hände und schiebt ihn heran. Der Kranich hört auf mit seinem Trauertanz und folgt dem Studenten in langsamen, gemessenen Bewegungen. Der reiche Mann und der Wirt bleiben verwundert und erschrocken zurück. Ob ihr, wenn alle Bilder fertig sind und euch viel Spaß machen, das Ganze nochmals spielen wollt? Einer könnte als Erzähler den Ablauf schildern, und jemand, der Blockflöte spielen kann, bläst etwas zum Tanz des Kranichs.

Spielvorschlag zu Seite 54

Ihr könnt ein Überschriftenspiel zum Märchen »*Ein neues Gesicht*« machen. Beim Vorlesen wird die eigentliche Überschrift einfach weggelassen. Nun gebt ihr jedem, der mitspielen will, drei Zettel und einen Stift zum Schreiben. Gesucht werden neue, verschiedene Überschriften für diese Geschichte, bald lustig, bald grausig, bald nachdenklich … Schließlich sammelt ihr alle Überschriftenzettel in einen kleinen Karton, mischt die Zettel gut durch und lest sie vor.

Vielleicht kann nun ein Sortieren beginnen: Alle lustigen Titel kommen auf einen Stapel, alle grausigen, erschreckenden auf einen zweiten, alle nachdenklichen auf einen dritten Stapel.

Die Abstimmung, welche Überschrift in der jeweiligen Abteilung am meisten »Punkte« bekommt, könnt ihr auch auf lustige, verspielte Weise gestalten: Jeder Mitspieler erhält drei kleine Löffel oder drei Schlüssel. Hebt einer beim Verlesen einer Überschrift alle drei Löffel hoch und andere vielleicht auch, so ergibt dies eine hohe Punktzahl. Schließlich wird zusammengerechnet.

Ihr könnt auch nach dem Lesen oder Erzählen dieses Märchens

»Zeitungsredaktion« spielen, in der halbe Überschriftenzeilen leider durcheinandergekommen sind. Wer ordnet sie richtig zusammen, so daß es immer einen sinnvollen Überschriftensatz gibt?

Wie ein Kaufmann schließlich …	… dann siehst du dich richtig
Schau tief in den Spiegel …	… den eigenen Chauffeur erschreckte
Einmal aber geschah es …	… plötzlich aufstanden und gingen
Warum die Partner …	… verwandelte sich sein Gesicht
Mitten in der Konferenz aber …	… daß er durchschaut wurde

Ihr könnt diese zehn halben Überschriften vielleicht mit einer Schreibmaschine und Durchschlagpapier rasch abtippen und in mehreren Spielexemplaren verteilen. Ihr gebt auch ein paar Scheren aus, und gewonnen hat, wer als erster alle Überschriften richtig zusammengestellt hat.

Spielvorschlag zu Seite 56

Ihr könnt nach dem Märchen vom »*Land ohne Ecken*« ein schönes Klang- und Singspiel machen: Einer erzählt alles, was geschieht,

die Schritte der beteiligten Personen könnt ihr als Geräusch imitieren, und einige singen einen kleinen Kehrvers vom Staunen des Giovannino, andere eine Einleitung und auf die gleiche kreisende Melodie »ohne Ecken« den Ausklang.

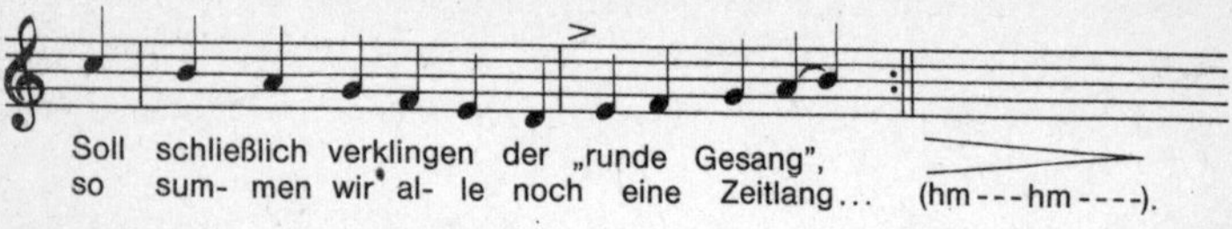

(Singt schöne aneinandergebundene Töne und summt dann immer leiser noch einige Male, bis schließlich der Titel des Märchens angesagt wird.)

Erzähler: Hört das Märchen vom »Land ohne Ecken«!

Nun erzählt einer von euch von Giovannino, dem großen Reisenden. Wird geschildert, wie er in das Land hineinwandert, in dem so vieles rund ist, dann imitiert ihr seine Schritte (vielleicht auf einem Tambourin, einer Pauke o. ä.). Wenn sich Giovannino über die Rose mit den weichen Dornen wundert, singen einige von euch statt seiner Antwort:

Wolfgang Longardt

Vergeßt dann nicht die Schritte des freundlichen Schutzmanns »hörbar« zu machen. Sind seine Schritte sanfter? Nagelschuhe hat er nicht an; denn die Nägel sind in diesem Land abgeschafft, wie man gleich hören wird. Der Erzähler berichtet nun von der Begegnung des Schutzmanns mit Giovannino, der noch immer die Rose in der Hand hält. »Keine Nägel gibt's im Land?« Erneut kann hier der Gesang vom staunenden Giovannino erklingen: »Schau an, schau an, wie wundersam!...«

Der Erzähler wird nun berichten, daß der freundliche Schutzmann mit dem Bleistift ohne Spitze um zwei Ohrfeigen bittet. Wieder staunt Giovannino: »Schau an, schau an, wie wundersam!...«

Er will den Schutzmann allenfalls streicheln. Als er zur Landesgrenze geführt wird und sich alles nochmals überlegt – von den runden Hausecken, den sanften Giebeln, den weichen Rosendornen bis zur halbierten Strafe –, erklingt es nochmals: »Schau an, schau an, wie wundersam!...«

Nun sind eine Weile die Schritte beider Personen zu hören, dann aber geht Giovannino allein weiter, sehr langsam und nachdenklich. Weil er so gern wieder ins Land ohne Ecken und Spitzen zurückkehren würde, um dort noch viele andere wundersame Entdeckungen zu machen, und weil er dieses glückliche Land mit anderen Orten vergleicht, kann als kreisender Schlußgesang am Ende gesungen und schließlich gesummt werden:

Wolfgang Longardt

Spielvorschlag zu Seite 58

Zum Märchen von »*Menasehs Traum*« könnt ihr leicht ein kleines Sing- und Klangspiel machen. Ein paar einfache Notenvorschläge helfen euch dabei. Zuerst wählt ihr euch vielleicht einen Erzähler des Traummärchens. Aus der Schule oder vom Kinderchor der Kirchengemeinde leiht ihr euch ein Altxylophon oder Altmetallophon, auf dem man ruhige tiefe Töne spielen kann. Dann sind nur noch ein oder zwei mutige Sänger nötig. Vielleicht spielt jemand die einfache Melodie zunächst auf einer Blockflöte vor. Das Ganze wird nach einigem Üben so schön sein, daß ihr überlegen solltet, wem ihr das Märchen mit Musik einmal als besondere Freude vorspielt.

Zum Ablauf: Nach zwei Takten Xylophon- oder Metallophonvorspiel (diese vier Töne bleiben lange Zeit gleich!) beginnt die Singstimmenmelodie »Hört zu, hört zu« mit dem ersten Strophenteil: »Der kleine Jung', der ist ein Waisenkind ...«

Dann hat euer Erzähler das Wort, er berichtet, wo Menaseh lebt, wie wißbegierig er ist, was er alles fragt und wie er einmal tief in den Wald ging, ja, dort erschöpft einschlief, aber im Traum weiterwanderte. Als kleine »Traum-Wandermusik« könnt ihr wieder die vier gleichbleibenden Xylophontöne spielen. Im Traum, so berichtet der Erzähler, kommt er im Schloß an. Dann kann wieder gesungen werden: »Hört zu, hört zu, ihr glaubt es kaum ...«, aber nun mit dem zweiten Strophenteil: »... Er sieht den Ort, wo nichts verlorengeht.«

Jetzt wird weitererzählt, wen Menaseh im Traum dort trifft. Dann bittet er schließlich, noch mehr vom Schloß sehen zu dürfen, noch tiefer eingelassen zu werden. Ehe die erste Tür sich öffnet, kann als »Traumtür-Öffnungsmusik« gesungen und gespielt werden:

Wolfgang Longardt

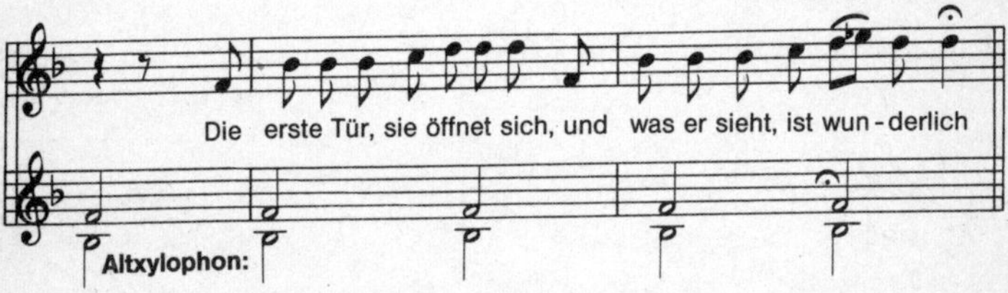

Der Erzähler schildert, was Menaseh nun im ersten Zimmer sieht: Alle seine Kinderkleider liegen dort, die Schuhe, die Strümpfe ... Nun folgt gesungen und musiziert die obige Melodie, aber natürlich jetzt mit dem veränderten einen Wort: »Die *zweite* Tür, sie ...« Auf diese Art wird von Zimmer zu Zimmer weitererzählt, jede neue Tür öffnet sich mit Musik und Gesang: »Die *dritte* Tür ...« – Später: »Die *vierte* ...« usw. bis zur »*siebenten* Tür«.

Dann muß Menaseh leider Abschied nehmen. Nach seinem Traum wacht er im Wald wieder auf. Der Erzähler wird nun den Schluß berichten. Menaseh hat in dieser Nacht noch eine schöne Begegnung. Glücklich, daß er eine Freundin gefunden und einen solchen geheimnisvollen Traum erlebt hat, wandert er heim. Seine Schritte könnt ihr mit den vier tiefen Xylophontönen darstellen; fröhlich geht er dahin, aber für unser Ohr werden seine Schritte immer leiser und leiser ...

Zum Erzählausklang

Altxylophon:

Spielvorschlag zu Seite 65

Ihr könnt nach dem Märchen »*Das Glöckchen*« wunderbar spielen: Ihr könnt einen Scherenschnitt machen. [Wie den, der abgebildet ist, oder ähnlich.] Diesen Scherenschnitt könnt ihr auf einen Tageslichtprojektor (sofern es ihn gibt) legen und groß an die Wand werfen. Schon werden alle Zuschauer aufmerksam.

Schöner noch: Ihr könnt zu dem Märchen Musik machen. Mit dem Orffschen Instrumentarium (vielleicht leiht euer Kindergottesdienst es bei einer benachbarten Grundschule aus)! Eine Schelle (Glöckchen!), eine Triangel (Glöckchen!), ein Glockenspiel (Motiv für das Glöckchen erfinden!): Dreimal ›Glöckchen‹, d. h., das Glöckchen als Zentrum des Märchens wird dreidimensional dargestellt.

Mit einem weiteren Glockenspiel läßt sich ›Wind‹ (Äolsharfen) darstellen: Nur einfach mit dem Schlegel über die Plättchen auf- und abstreichen. Zart und leise hört jeder den Wind. Ebenso mit dem Xylophon für ›Meer‹. Immer, wenn in der Erzählung ›Wind‹ und ›Meer‹ genannt werden (und man kann sie häufiger, als im Text vorgeschrieben, nennen), ertönen diese beiden Instrumente. Spaß macht es, das zu probieren und dann aufzuführen.

Noch mehr Spaß macht eine begleitende Pantomime. ›Pantomime‹, ihr wißt, das ist Schauspiel ohne Worte (Stummfilm!). Alles ist ganz einfach: Einer sitzt im Schaukelstuhl (ein ganz gewöhnlicher Stuhl mit Lehnen). Er ist der alte Mönch. Er wiegt sich hin und her. Über ihm – vorgestellt – das zauberhafte Glöckchen.

Einer aus der Gruppe liest alles ganz langsam, die Vorgänge beobachtend, vor. Immer schaut er dabei auf die Spielenden (den alten Mönch, den Apotheker Mohej, die Schüler Taro und Dschiro): Der Apotheker, ganz mißmutig, besucht den alten Mönch, bittet um das Glöckchen, bekommt es, geht heim, befestigt es an seiner Veranda, lauscht seinem lieblichen Läuten, wird froh mit einmal, fängt an zu tanzen … und alles ist vergessen.

Der alte Mönch, plötzlich mißmutig, wartend auf die Rückgabe des Glöckchens, sendet den Schüler Taro aus, dann den Schüler Dschiro. Keiner von beiden kehrt zurück. Sie sind dem Zauber des

Glöckchens erlegen. Sie müssen tanzen, immer nur tanzen … Alles andere haben sie vergessen. Da geht der alte Mönch selbst zum Garten des Apotheker. Und wie allen anderen, geschieht es auch ihm: Er muß einfach mitmachen, tanzen, tanzen …

Und so alle anderen im Kreis der Beteiligten. Sie werden vom Erzähler (vom Regisseur) aufgefordert, in des Apothekers Garten zu gehen, miteinander zu tanzen (Ausnahme: die Instrumentalisten). Der Lesende setzt bei diesen Vorgängen notwendige Zäsuren, indem er einfach die Hand hebt (alles verharrt!). Auch der Schluß »Das geht natürlich nicht, daß alle Menschen nur tanzen, tanzen … Oder?« ist ganz in die Regiekunst des Erzählenden gegeben.

Zu guter Letzt (oder auch anfangs schon) kann die Frage, wie denn das Gedicht, das auf dem Papier, an dem das Glöckchen hing, geschrieben stand, gelautet haben mag, dazu führen, sich selbst ein Gedicht (ein Lied) auszudenken. Jeglicher Phantasie sind hier Tor und Tür geöffnet. Wenn all dies gelingt, so ist aus Pantomime, aus Vorlesen, Lied und Orffschem Instrumentarium ein kleines Gesamtkunstwerk ›Märchen‹ entstanden.

Dietrich Steinwede

Quellennachweis
